MIRACLE ON 34th STREET

34丁目の奇跡

Valentine Davies
ヴァレンタイン・デイヴィス
片岡しのぶ＝訳

あすなろ書房

34丁目の奇跡

Miracle on 34th Street

by Valentine Davies

装幀——川上成夫
本文デザイン——こやまたかこ
装画——牧野千穂

1

クリス・クリングルはサンタクロースにそっくりだった。

これほどのそっくりさんは、どこの老人ホームにもいないだろう。白いひげに赤い頬《ほお》。りっぱな胴まわり。どこを見てもご本人としか思えない。おまけに名前だが、この〈クリス・クリングル〉はサンタクロースの別名ときている。それがたんなる偶然なのか、それとも、自分でかってにつけた芸名のようなものなのか、クリスが暮らしているメイプルウッド老人ホームでは、だれも知らない。

正確な年齢も不明である。まっ白なひげを見れば、七十五歳と言われてもうなずけるが、愉快そうに笑うときの顔や、早足で歩く姿は、五十歳でも通るだろう。目はいたずらっ子のようにきらきら輝き、笑顔がまた、底ぬけにあたたかい。そう、クリスはサンタクロースに生き写し。おまけに、「わたしはサンタクロースです」といつも言っていた。

メイプルウッド老人ホームのドクター・ピアスは、このていどの妄想に害はない、と考えていた。そして、サンタを名乗っているのはべつとして、賢くて優しいこの老人にたいそう好意をもち、たとえだれかに「先生、あのじいさんは頭がおかしいよ」と言われても、「そんなことはない」とつっぱねるのがつねだった。クリスのささやかな居室を訪ねることもよくあった。そんなとき、クリスは、さまざまな形のおもちゃ、作りかけの模型、おもちゃのカタログの散らかったこの部屋で、たいがいパイプをくゆらしながら木のおもちゃをけずっていた。


十一月のある朝、ドクターが寄ってみると、クリスは新聞の広告を見ていた。立腹しているとみえ、目つきがけわしい。見ているのはクリスマスギフトの通販広告で、〈今ご注文の方には一割引き〉と書いてある。

ドクターへの挨拶《あいさつ》もそこそこに、クリスはその広告を読みあげた。

「どなたへの贈り物ですか？　相手の方のお名前、お年をお知らせください。めんどうなお品えらびの手間がはぶけます」

クリスは、新聞を床に放りだした。

「先生！　クリスマスも落ちたもんですね！　金儲《かねもう》けのダシにされるなんて！　これじゃあ、クリスマスが泣きますよ！」

まったくだ、とドクターもうなずいた。

「うん、クリスマスはビジネスになってしまった。どこの店も、プレゼントを買う客であふれているが、クリスマスの意味なんて、だれも考えていないようだものね」

ところが、クリスはこれには反対した。

「そりゃあ、違う。世の中、ずいぶんとあわただしいが、サンタクロースをばかにする人はいませんよ。クリスマスの本来の意味だって、みんな、ちゃんと知っています」

そう言うと、クリスは顔をほころばせた。

「先生、クリスマスにほしいものは、なんですか？」

ドクターは、自分に言いきかせるような調子で答えた。

「そうだなあ……レントゲンの器械かな。ここのは、もうずいぶん古いからね」

「よろしい。それにしましょう」

ドクターの顔もほころんだ。

「本当にレントゲンが届いたら、信じるよ。あなたがサンタクロースだってことをね」

「まあ、見ててください」

クリスはパイプをくわえなおし、木彫りのおもちゃを拾いあげて、けずりはじめた。

そのようすを見ていたドクターは、人のよさそうな顔をくもらせた。実は、クリスに言わねばならぬことがあり、ずっと言葉を探していたのである。だが、いつまでも黙っているわけにはいかない。

「実はねえ、クリス。あなたは、もうこのホームにいられなくなったんだよ」

「へえっ？　そりゃまた、なんで？」

ドクターは説明した。数年まえから評議会で問題になっており、これまではどうやら評議員諸君の説得につとめてきたが、今度ばかりはどうしようもなくなった、と。

そう言われても、クリスには話がまだ見えないようだ。ドクターは続けた。

「つまり、こういうことなんだ。州の法律とメイプルウッド老人ホームの決まりによると、入居者は〈心身ともに健康な老人〉でないといけないんだよ」

「わたしのどこが悪いんです？　先生のおおかたの患者さんより健康だって、ついこないだ太鼓判を押してくれたでしょうが？　頭のほうも、先生のテストにりっぱに合格したでしょ？　あのテスト、まだ覚えてますよ」

クリスは、足し算、引き算、同義語を三つ四つ、すらすら言ってみせた。年を取ってはいても、クリス・クリングルの頭が人一倍しっかりしているのは、疑いなしと思われた。

「わかってる」

ドクターはおだやかな声で言った。

「問題は〈クリス・クリングル〉という名前なんだ。ほら、まえにもその話はしたろう？」

「ははあ、わたしがサンタクロースだってことですか？」

ドクターは、ゆっくりうなずいた。

「べつに、いいでしょうが？　本当なんだから」

「そう簡単にはいかんのだ。残念ながら、評議員連中はサンタクロースを信じていないいんでね。したがって、そのう、規則からいって、もうここにいることはできないんだよ」

「つまり、評議員さんたちはサンタクロースなんぞいないと思ってる。だから、わたしは頭がおかしい。こういうことですか！」

「まあ、そんなところだ」

クリスは、ちょっと黙って、なにか考えているようだった。

「で、ここを出て、どこへ行けと……？」

「マウントホープ・サナトリウムに移ってもらう手続きを、ホームのほうですませたそうだ」

「あの精神病院？　嫌ですよ！」

「しかし、ほかにどうしようもなかろう？　お金はあるのかね？」

クリスは机の上の小さな小切手帳をしらべてみた。残額は三十四ドル八十六セント。

「なあ、クリス。その年で、自分で稼いでやっていくのは、楽じゃない。やっていけなくなれば、救貧院に送られる。自分はサンタクロースだなどと言って、それでつかまったら、やっぱりマウントホープだ。それなら、最初から入ったほうが簡単じゃないか？」

❦ ❦ ❦

クリスは折れない。どこも悪くないのだから、そんなところには行かない、と言いはった。ついにドクターもあきらめた。

「無理にとは言わないよ。自分からメイプルウッドを出ていくというのなら、それもいいだろう。ホームとしては、それで一件落着だ。だれも止めはしないと思うよ。しかし、ここを出て、どうする？　どうやって食べていく？　お金もないのに、どこに泊まるつもりだね？」

「セントラルパーク動物園の飼育係に頼んでみます。仲がいいんでね」

ドクターは立ちあがった。

「考えなおしたほうがいいと思うがな。まだ時間はある。また来るよ」

クリスはうなずいた。だが、その顔には「肚《はら》は決まった！」と書いてあった。そして、ドクターが行ってしまうと、クローゼットから大きなスーツケースを引きだし、てきぱきと荷づくりを始めた。

2

開園まえのその時間、セントラルパーク動物園はがらんとしていた。トナカイの囲いを掃除していた飼育係のジムは、白いひげの老人がやってくるのを見て、うれしそうにシャベルを振った。

「おはようございまーす！　お元気ですかあ？」

「元気、元気！　ジム、やっこさんたち、どうしてる？」

ジムは笑った。

「優雅に暮らしてますよ、まるまるふとって。だれかさんのせいじゃないんですか？」

クリスは「あっはっはっ！」と笑い、口笛を吹いた。囲いの奥の小屋から、一頭のトナカイがおずおずと顔を出し、もう一頭、その横にならんだ。クリスがまた口笛を吹き、ニンジンを見せると、次々に五、六頭出てきて、クリスの手から食べはじめた。

ジムは、にこにこ笑いながら見ている。不思議な人だなあ。動物を手なずけることにかけちゃ、天才だ。ほんと、うまいよ。

トナカイは警戒心の強い動物で、十年以上も世話をしているジムにさえ、それほどなついていない。ところが、臆病《おくびょう》なメスのトナカイでも、クリスには心をゆるしているらしく、手からえさをもらって食べる。そんな場面を見るたびに、ジムは感心してしまう。ジムとクリスが仲がいいのは、そんなわけからだった。

「ジム、実は、泊まるところを探しているんだよ。二、三日、いさせてもらえないかい?」

「いいですよ、クリングルさん。二、三日どころか、好きなだけ泊まってください。場所はたっぷりありますから」

安心したクリスは、ちょっと散歩をしてくるよ、と言って、歩きはじめた。その足取りは、老人らしからぬ軽やかさ。行き先はとくに決めていない。十一月の、ちょっと冷たい風に吹かれて歩いていると、なにしろ愉快でたまらないのだ。これで雪が積もっていれば申し分ないんだが、などと思いながら歩くうちに、公園の西のはずれまで来た。と、足を止め、耳をそばだてた。公園の外でバンドが演奏している！　かすかに聞こえる浮きたつようなその曲は……おっ、《ジングルベル》！　クリスはあたりを見まわし、いちばん近い出口をめざした。

出てみると、公園の外はお祭りムードに沸きたっていた。公園の西の縁を南北に走る大通り、セントラルパーク・ウェストも、大通りから西に折れるたくさんの横町も、華やかな色の洪水だ。そう、メイシー百貨店の大パレードがまもなく出発するのである。毎年、十一月の終わりに、メイシー百貨店が主催するこの感謝祭パレードは、子どもたちの夢の夢、人間の大人が子どもにかなえてやれる夢のうちでも、おそらく最大級のものだろう。

とてつもなく大きな風船《バルーン》が、あっちでもこっちでも、寒風にあおられ、ゆらりゆらりと動いている。種類は実にさまざまだ。その昔、メイフラワー号でアメリカにやってきた清教徒。巨人族を退治したジャック（英国民話の主人公）。パンダ。先っぽがビルの三階まで届きそうなソフトクリーム。

パレードふうの衣裳《いしょう》をつけた男たちが風船のロープをしっかりつかんでいるが、風船があまりにもでかいため、みんなリリパット《小人国》人のようだ。『白雪姫』に出てくる小人たちが、駆けまわったり、山車《だし》によじのぼったり。おなじみのキャラクターが、ほかにもいっぱいいる。楽隊も一ダースほど出ていて、華麗な制服を着こんだ楽士たちが、思い思いに楽器の音色をためしていた。

あそこにいる若いきれいな女性、名簿のチェックに余念のない彼女が、この一大イベントの責任者らしい。すかっとした身なりの彼女を、まわりの人たちが〈ウォーカーさん〉と呼んでいるのが、クリスにも聞こえた。彼女のそばの、髪の薄くなったメガネの男はシェルハマー氏。シェルハマー氏は、見受けたところ、かなりあせっているようだ。

クリスは、最後部の山車に目をとめた。それは橇《そり》に乗ったサンタクロースの山車で、橇を曳《ひ》くのは、本物そっくりに作られた八頭の木製のトナカイである。近づいていってみると、サンタクロースはムチの振り方を練習していた。だが、どういうわけか、足がふらついているうえに、ムチの振り方もでたらめだ。見ていられなくなったクリスは、さらに近づいて声をかけた。

「すみませんが、それ、ちょっと貸してもらえませんか」

借りたムチを、クリスは軽くひと振りした。

ヒュー一ッ！　パチッ！

長いムチの先端が、先頭のトナカイの耳の上三センチほどのところを、みごとに通過した。クリスは、山車の上のサンタクロースに教えてやった。

「よろしいですか。コツは手首のひねり方ですよ」

ところが、パレードのサンタクロースはろくすっぽ聞いてもいない。そのとき、サンタクロースの息が、クリスにかかった。酒くさい！　山車上のサンタクロースは、膝《ひざ》かけの下から小瓶を取りだして、ひと口飲むと、そそくさと隠した。だが、すぐまた出して、ぐびりとやった。

クリスは仰天した。酔っぱらいのサンタクロース！　大勢の子どもが見ているというのに！　さっきのウォーカーさんとやらに知らせよう！　と思ったそのとき、当のミセス・ウォーカーが、クリスのすぐ横で、山車の隊列に向かって「ちょっと前へ！」と合図をした。がくんと山車が動いた。はずみでサンタクロースはよろけ、ころげ落ちそうになった。

サンタクロースが酔っていることに、ミセス・ウォーカーもすぐに気づいた。出演者に落ち度があれば、彼女が責任を取るはめになる。ミセス・ウォーカーはその場で彼をクビにした。

「メイシー社長に見られていたら！」

シェルハマー氏が、ぞっとした顔で言った。

「それより、ギンベル百貨店の社長に見られなくて、助かったわ！」

だが、パレードの出発直前に、サンタクロースがいなくなったのだ。と、そのとき、ミセス・ウォーカーとシェルハマー氏は、同時にクリスに目をとめ、天から降ってきたようなこのチャンスに飛びついた。

ミセス・ウォーカーがクリスにきいた。

「あのう、サンタクロースになっていただけません？」

横から、シェルハマー氏もきいた。

「ご経験は、おありで？」

クリスは、吹きだしそうになったが、すまして答えた。

「はあ、すこしなら」

「それでしたら、力を貸してくださいな。お願いします！」

クリスは、しゃんと背中をのばした。

「マダム、まがいのサンタクロースの代役なんぞ、引き受けられませんな」

ミセス・ウォーカーは、さらに頼んだ。

「お礼は、充分にさせていただきますわ」

しかし、クリスはうんと言わない。シェルハマー氏が、先にあきらめた。

「これ以上、ぐずぐずするわけには……。サンタクロースなしで出発しましょう」

クリスは通りの両側を眺めた。沿道に、目を輝かせた子どもたちがあふれている。パレードが始まるのを待ちかねているのだ。そうか、サンタクロースがいなかったら、この子たちががっかりするね！

クリスは、帽子とステッキをシェルハマー氏に渡した。

「よろしい、衣裳をください。やりましょう！」

公園ぞいの長い通りを、いよいよパレードが動きだした。花形は、もちろんサンタクロース！　橇に乗ったクリスは、ムチの音も高らかに、何千人もの子どもたちの歓声に包まれ、にこやかに進んでいった。

3

❦ ❦ ❦

パレードをようやく出発させたドリス・ウォーカーは、くたくたに疲れ、体の芯《しん》まで冷えきって、セントラルパーク・ウェストのアパートに戻ってきた。そして、アパートの前を通過中のパレードには目もくれず、人垣をかきわけて中に入った。パレードはもうたくさん！　それより、早く熱いお風呂につかりたいわ！

こぢんまりとした、モダンなアパートのドアを開けるや、ドリスは、六歳になる娘の名前を呼んだ。

「スーザン！　スーザン！」

メイドのクレオがキッチンから顔を出し、お嬢ちゃんはフレッドおじさんのところでパレードを見てますよ、と教えた。ドリスは、居間の窓から向かいの窓を見た。

このアパートは、表の棟と裏の棟にわかれていて、間がいくらか空いている。ドリスの住まいは裏側だ。ドリスが窓ガラスをこつこつ叩《たた》くと、向かいの窓にフレッドの顔があらわれ、ふたりは手を振りあった。ドリスは、大声で「あとで、そっちにうかがいます」と告げた。

＊　＊　＊

フレッドおじさんは、実は、ドリス親子とは親戚でもなんでもない。フルネームはフレッド・ゲイリー。ニューヨーク市でも伝統ある法律事務所につとめる若手弁護士で、なかなかの男前である。

スーザンとフレッドがまず仲よくなり、それが縁で、ドリスとフレッドも知りあうことになった。フレッドのほうは、ドリスともっと親しくなりたいと思っているが、ドリスはフレッドとの間にやや距離を置いている。離婚をし、今はひとりでスーザンを育てている彼女は、そんな過去が話題に出そうになると、とたんに表情をかたくし、口をつぐんでしまう。おそらく、ずいぶんつらい思いをしたんだろう、とフレッドは察している。いずれにしろ、ドリスは、気持ちよくフレッドと接してはいるものの、心の中を見せることは決してなかった。

さて、フレッドとスーザンは、フレッドのアパートの窓からパレードを見物していた。表通りは、陽気なバンドミュージックと子どもたちの歓声でいっぱいだ。だが、スーザンはにこりともしない。フレッドのほうがよほどはしゃいでいて、窓の下を通過する大きな風船の人形を指さして、叫んだ。

「あっ、巨人をやっつけたジャックだ！　見てごらん！　あっちのでかいやつが巨人だよ！」

スーザンが答えた。

「巨人なんて、ほんとはいないのよ」

「そりゃあ、今はいないだろうけど、昔は――」

スーザンはかぶりを振った。

「うーんとノッポの人って、いるわよね。だけど、それは巨人じゃないって、ママが言ってた」

スーザンのつまらなそうな横顔を、フレッドはまじまじと眺めた。なんだか、かわいそ

* * *

うだな、この子……。頭はいい。六歳にしてはよすぎるくらいだ。しかし、子どもらしさってものがない……。

とりあえず、フレッドは調子を合わせた。

「ママの言うとおりだろうね。けど、ぼくは、巨人はいると思うよ！」

やがて、ドリスが来た。そして、飲んだくれのサンタをクビにしたてんまつを、あけすけな口調で話しはじめた。フレッドは手ぶりや目顔でやめさせようとしたが、効果なし。そこで、コーヒーでもいれよう、とせまいキッチンにドリスを誘い、ふたりになると、こう頼んだ。

「スーザンの前で、あんなにずばずば言わないでくださいよ」

だが、ドリスには確固たる子育て哲学があった。子どもに嘘を言うのはいけないことだ、現実をしっかり教えるべきだ、というのである。

「あの子に神話や伝説を吹きこむつもりはないの。たとえば、サンタクロースはいるとかね」

「どうして？　べつに害はないと思うけど？」

❦ ❦ ❦

「あるわよ。人生はお伽話《とぎばなし》だなんて、思いこませたくないの。そう思いこんで年頃になったら、無意識に魅力的な王子様を待つようになるでしょう。で、いざ出会ってみたら――」

「ねえ、ドリス」

フレッドの声はあたたかかった。

「きみがつらい経験をしたのは、よくわかる。きみはだれかを愛した。心から信じた。ところが、ある日裏切りに気づいた。だけど、すべての男がいいかげんなわけじゃない。男はみんな悪者だと思いこんで大人になるのが、スーザンの幸福につながるなんて、思えないな」

ドリスは顔をそむけた。痛いところを突かれたのだ。

「気にさわったら、ごめん。だけど、ぼくは間違ってないと思う」

フレッドは、ほんのすこし、彼女に近づいた。

「ドリス、ぼくにチャンスをくれないか？　ぼくが、そのう、きみの信頼に値する男だってことを証明したいんだ」

「ヤケドは一度でたくさん」

低い声で言うなり、ドリスはくるりと背を向け、居間に戻っていった。しかたなく、フレッドも後にしたがった。

4

翌朝、スーツでぴしっときめたドリス・ウォーカーが出勤してみると、クリスが待っていた。ドリスは、メイシー百貨店の人事部長。昨日、おもちゃ売り場主任、シェルハマー氏から「クリスを店のサンタクロースに雇っては」との進言を受けていた。

クリスのサンタクロースは、パレードで大いに人気を博し、おかげで、パレードの後のイベントも大成功をおさめた。クリスは、これまでメイシー百貨店が雇った人の中で、サンタクロースらしさにかけては、まさにピカ一。シェルハマー氏は、そこにすっかり惚《ほ》れこみ、おもちゃ売り場のサンタクロースになってもらえば、クリスマスにむかって売り上げがぐんと伸びるはず、と考えたのである。

❦ ❦ ❦

あらためてドリスが「引きうけてくださる？」とたずねたところ、クリスは「喜んでやります」と答えた。ドリスはその場で雇うことに決め、内心、ほっとした。よかった、去年まではサンタクロースの人選に苦労したけれど、今年ははやばやと頭痛の種がひとつ減ったわ……！

給料などの雇用条件をドリスがこまごまと説明するのを、クリスは気のない顔で聞いていた。ドリスは、呼び鈴を押し、アシスタントのミス・アダムズを呼んだ。

ミス・アダムズの部屋で、雇用カードを渡されたクリスは、スペンサー体と呼ばれるまるみをおびた書体で、ひとつずつ、きちんと書きこんでいった。

氏名　クリス・クリングル
住所　ロングアイランド、グレートネック、メイプルウッド老人ホーム
年齢　口とおないどし、歯よりやや上

ミス・アダムズは、クリスの返したカードをちらっと見て、「はい、どうも。シェルハ

マーさんが向こうで待ってますから」と言うと、部長室に戻っていった。

シェルハマー氏は、クリスをロッカールームに連れていくと、サンタクロースの衣裳《いしょう》を渡し、売り場に出ているおもちゃのリストも渡して、いろいろと説明した。

「しるしをつけてあるのが、今年の重点商品なんだ」

クリスは、うなずきながら聞いていたが、ときどきはさむ言葉から、メイシー百貨店で売っているおもちゃのことを、驚くほどよく知っているのがうかがえた。シェルハマー氏は念を押した。

「もしもだね、子どものほしがるおもちゃが品切れだったら、しるしをつけた商品をすすめるんだよ」

クリスは、むっつり、うなずいた。シェルハマー氏の肚《はら》のうちが読めたのだ。そこで、ひとりになるや、リストを破いて捨ててしまった。

❦ ❦ ❦

さて、クリスは、おもちゃ売り場のサンタクロース用の椅子《いす》に、ずっと昔からすわっていたかのように、ゆったり、にこやかにおさまった。すぐに、目を輝かせた子どもたちの長い列ができた。子どもを連れてきた親たちの間から「今年のサンタは本物そっくり!」とささやきあう声が聞こえてきた。

万事上々! ちょっと離れた場所からこの光景を眺めつつ、シェルハマー氏は相好《そうごう》をくずした。

クリスのサンタクロースが、膝《ひざ》によじのぼってきた男の子にきいた。

「クリスマスには、なにがほしいかね?」

「消防車。ホースがついてて、お水がかけられるやつ。うちのなかでお水出さないからって、約束したの。お庭でやるって」

その子の後ろに立った母親が、クリスに向かって手を振ったり、顔をしかめたりして、〈あきらめさせて!〉の合図を送っているのだが、クリスは気にもとめない。

「よし、よし。いい子にしていれば、きっともらえるよ」

男の子は、大喜びでクリスの膝から下りた。承知できないのは母親だ。子どもを先に行かせると、低い声でクリスをなじった。

「まったく、どうして？　そんな消防車、どこにも置いてないんですよ。あっちこっち、探したんですから」

「そんなことはない。西二十六丁目の二百四十六番地にあるアクメ玩具商会へ行ってみなさい。八ドル五十セントで売っているから。お買い得ですよ」

母親は、クリスの顔をまじまじと見た。

「正気なの？　メイシー百貨店のサンタさんが、よその店を教えるなんて！」

「べつに、変じゃないでしょう。お子さんが喜んでくれたら、それでよろしい。メイシー百貨店が売っても、アクメが売っても、いっこうにかまいませんよ」

こういう調子で、クリスは、子どもひとりひとりとおしゃべりを続けた。頭にあるのは「どの子も、クリスマスにはほしいものがもらえるといい」ということだけ。子どもの望みのおもちゃが高すぎたり、メイシー百貨店で売っていないものだったりすると、どこへ行けば安いのが買えるか、つきそいの親にそっと教えた。親たちは、驚くやら、喜ぶやら。

しかし、ひとりの母親に「坊やのほしがるスケート靴なら、ギンベル百貨店にありますよ」と教えているのをシェルハマー氏に聞かれてしまったのは、まずかった。

シェルハマー氏は、頭がくらっとした。こともあろうに、ライバルのギンベル百貨店をすすめるとは！　そうだ、ミセス・ウォーカーに知らせよう！　社長の耳に入りでもしたら……！　うむ、今すぐ解雇だ！

ところが、部長室へと急ぐシェルハマー氏を、何人もの母親が呼びとめ、口々にこんなことを言った。

「なんてお礼を言ったらいいか！」

「こちらのサンタさん、子をもつ親の味方だったんですね！」

「これこそ、本物のクリスマス精神ってものですわ！」

「感激しました。これからは、なんでも、メイシーさんで買いますから」

シェルハマー氏はわけがわからなくなり、とりあえず自分のオフィスに逃げこんだ。すると、デスクには、お礼のメッセージがどっさり届いていた。心を落ち着けようと、彼は椅子にどっかり腰をおろした。ひょっとすると、早とちりだったかな……！

❦ ❦ ❦

秘書が、メッセージの書かれたメモをまたごっそり持ってきて、こう言った。

＊＊＊

「この企画、冴《さ》えてるじゃありませんか？」

「そう思うかね！　あのご婦人がたは気に入ってくれたらしい。しかし、社長はどうだろう？」

シェルハマー氏は、泣きそうな顔で天井を見あげた。しかし、天井に答えは書かれていなかった。

5

その日の夕方、フレッドはスーザンとデートの約束をしていた。
スーザンがあまりにもさめているのが気になっていた彼は、一計を案じた。「スーザンをメイシー百貨店に連れていき、クリスマスにほしいものはなにか、新しいサンタクロースからききだしてもらう。それを自分が用意し、ツリーの下にこっそり置いておく。そうしたら、いくらスーザンだってサンタクロースを信じるようになるのでは？　信じないまでも、子どもらしいわくわくした気分くらいは味わうに違いない」――こう考えたのである。

前もってサンタクロースに助力を頼んでおくところまでは、うまくいった。ところが、いよいよスーザンの番が来て、サンタクロースにだっこされ、「なにがほしい？」ときかれると、なんとこの子はこんな返事をした。

「なんにも。ママが買ってくれるから。あんまり高くないものだったらだけど。それに、おじさんはほんとはサンタクロースじゃないでしょ？　ママに雇われて、サンタクロースをやってるだけじゃない？　去年の人よりましだけど。おひげは本物みたい」

「本物だとも。わたしはサンタクロースだからね」

スーザンは、まるきり信用しない。クリスは大いに驚き、心を痛めた。世の中、こういうことになっているんじゃないかと、うすうす心配してはいたが……！

まずいことに、このときドリスが近くを通りかかった。急ぎ足でエレベーターに向かうとちゅう、サンタクロースのほうになにげなく目をやった彼女は、ぴたっと足を止めた。うちの子がサンタクロースの膝《ひざ》に……！

ドリスの姿が見えたときから、フレッドは肩をちぢめていた。だが、ドリスは、その場で騒ぎたてたりしなかった。スーザンをクリスの膝から下ろし、部長室の前まで連れてきて、廊下にあった椅子《いす》にすわらせると、フレッドだけ、中に招きいれた。

スーザンの腰かけた場所からは、サンタクロースがよく見えた。クリスが、金髪をお下げにした小さな女の子を抱きあげると、その子につきそっていた婦人がそばから説明した。

「オランダの施設から連れてきて、養子にしたばかりなんですよ。まだ英語が話せませんの。サンタさんは英語でないとわからないのよ、と言ってきかせたんですけど、この子ったら、シンタークラースさんはオランダ語がわかると申しまして……」

女の子は、オランダ語で一生けんめいクリスに話しかけた。「オランダ語はだめよ」と言いかける母親を手で制し、クリスは女の子の話をじっと聞いていたが、女の子が話しおわると、流暢《りゅうちょう》なオランダ語で返事をした。女の子の目がぱっと輝いた。それを見たとき、スーザンは、なんだか胸がドキンとした。

クリスと女の子は、いっしょにオランダ語のクリスマスソングを歌った。スーザンは、キツネにつままれた気分である。あの人、本物のサンタクロースみたい……！

一方、部長室では、ドリスがフレッドに言いたいことをはっきり言った。

「あの子を可愛がってくださるのは、ありがたいの。でも、わたしの娘は、わたしのやり方で育てます。たとえわたしの考えに反対だとしても、じゃまはしないでいただきたいわ」

フレッドはドリスの言い分を認め、ひたすら謝った。

「悪かった。今後は気をつけるよ。だから、もうスーザンと口をきくななんて言わないでくださいよ」

フレッドが帰っていくと、スーザンはクリングル氏のことで母親を質問ぜめにした。ドリスはていねいに説明した。

「クリングルさんはここで働いているのよ。ドアマンや、エレベーター係とおんなじようにね」

「知ってるわ。でもね、ママ、さっきどこかの女の子とオランダ語で――」

「スーザン、わたしはフランス語を話すけど、だからといってジャンヌ・ダルクじゃないでしょう」

「でも、あのサンタさん、本物みたいよ。目が笑ってるし」

ドリスは、この際、娘の頭を整理しておいたほうがよいと判断し、クリスを呼びにやった。入ってきたクリスは、片目をつぶって、スーザンに笑いかけた。

ドリスは、さっそくきいた。

「あなたはこの店の従業員ですね？」

クリスは、ちょっと驚いた顔でうなずいた。

「で、もちろん、本物のサンタさんではありませんよね？　そもそも、そんな人はいないんですから」

「お言葉ですが、いますよ！　ここにいるじゃないですか、このわたしが！」

スーザンの目がまんまるになった。ドリスは顔をしかめた。

「ちょっと！　この子の前では本当のことを言っていただきたいわ」

「本当のことですよ！」

ドリスは戦法を変えた。

「あなたのお名前ですけど、なんとおっしゃいましたっけ？」

「クリス・クリングル」

ドリスは机の上のファイルからクリスの雇用カードを出して眺め、顔色を変えた。

クリスがきいた。

「ほかに、なにか？」

「い、いいえ……」

すっかり動転したドリスは、まずスーザンを帰らせた。頭の中をさまざまな思いが駆けめぐった。この人、本当に自分をサンタクロースだと思っているわ！　素敵な掘り出し物と思ったけど、とんだ見当違いだったみたい。優しそうだし、悪い人には見えないけれど、ひょっとすると、おかしなことを言いだすかもしれない。今日は朝からサンタになって、ずっと子どもたちの相手をしていた。何事もなくて、よかった！　危ないところだったわ……！

＊＊＊

静かに、だが、きっぱりと、ドリスはクリスに解雇を申しわたした。あとの面倒を避けるため、二週間分の給料を支払う手配もした。クリスは、解雇されたのはどうでもよさそうだったが、眉《まゆ》をひそめてこんなことを言った。

「ウォーカーさん、どうもあんたさんとお嬢ちゃんのことが気になります。これじゃあ、いかん」

まるで、精神状態がおかしいのはドリスのほうだと言わんばかりに……。

クリスが出ていったとたんに、内線電話が鳴った。社長からお呼びがかかったのだ。ドリスは、不安な気持ちで社長室に入っていった。まずい人を雇ってしまったのが知れたのかもしれない。見れば、シェルハマー氏も呼ばれて来ている。ドリスの心臓は、トトトッと早打ちをした。

ところが、驚いたことにメイシー社長の機嫌は上々だった。社長のもとにも、メイシー百貨店のサンタを絶賛するメッセージが、電話や電報でぞくぞくと届いていたのである。社長はドリスとシェルハマー氏をねぎらい、ほめちぎった。〈クリスマス親切キャンペーン〉とは、まことによいことを思いついてくれた！　当店創業以来の大ヒットだ！　メイシー百貨店のサンタクロースが、ギンベル百貨店の商品をすすめるとは、実に画期的アイディア。おもちゃ売り場にかぎらず、全店、この方針でいこう！　《真のクリスマス精神、これこそ当店のモットーです》——これだ！　この新商法、世間をあっと言わせるぞ！　売り上げは急上昇だ！　そのサンタクロースだが、しっかりつかまえておけよ。クリスマスセールが終わったら、ほかの仕事をしてもらうといい。

大満悦のメイシー社長は、ドリスとシェルハマー氏に「近日中に昇給だ！」と約束した。

廊下に出ると、ドリスはシェルハマー氏に、蒼《あお》い顔で打ち明けた。

「実はね、あのサンタクロース、解雇しちゃったの」

シェルハマー氏は仰天した。

「探しましょう！　店を出るまえに見つけないと、えらいことになる！」

「ほかの人を雇って、おんなじことをしてもらったら、どうかしら？」

「そりゃ、だめだ！　社長は、さっき、お孫さんを連れてきて、あのサンタに会わせてました。そして、『なかなかいいサンタクロースだ』と感心してたんですから！　なんとしても、見つけださないと！」

血まなこで探しまわった結果、ドリスは従業員用のエレベーターから下りてくるクリスを発見した。ほっと胸をなでおろし、「さっきの件、もう一度考えてみたんですけどね、また戻ってもらってよろしいのよ」と告げたところ、なんと、クリスは断わった。

「どうも気に入りませんのでね、あんたさんの考え方が。シェルハマーさんの考え方もです！」

「そんなことを言わないで！　お客さまがたがとってもお喜びなの。今年のサンタさんはほんとに親切だって。もう一度サンタになって、善意の大使として活躍してくださいな！ メイシー社長も――」

「断わります。だいたい、あんたさんは、サンタクロースなんかいないと言ったじゃないですか！」

ドリスは、ついに泣きだした。そして、正直に打ち明けた。引き受けてもらえなかったら、わたしは失業してしまうのよ、と。

とたんに、クリスは表情をやわらげた。

「そりゃあ、いかん！ そういうことなら、やりましょう。もうじきクリスマスというこの時期に失業なんかしたら、可愛いお嬢ちゃんまで、困るからね」

実は、クリスにも読めてきたのである。ドリスとスーザンには夢ってものがまるでない。しかし、それもまさしくこの不幸な時代のせいなのだ……！

クリスは身の引きしまる思いがした。うむ、大仕事だぞ！ サンタクロースの存亡がかかっとる！ ドリス親子がサンタクロースを信じるようになれば、希望はまだある。ふたりを変えられないなら、サンタクロースの負け。というより、サンタクロースによって象徴されるすべてのもの、すべての善いものが敗北を喫することになるのだ。

「ウォーカーさん、ここ五十年ほど、クリスマスのことでは頭を痛めてきたんですよ。人間は、人を出し抜くことばかり考えている。もっと早く、もっとかっこよく、もっと楽に。そういうことで頭がいっぱいだ。おかげで、クリスマスもわたしも、どんどん影が薄くなり――」

「そんなことはないわ。今だって、クリスマスはちゃんと存在してますもの」

クリスはかぶりを振った。

「いいや。クリスマスはカレンダーの日付とは別のものです。クリスマスは〈心〉ですよ。そこのところが変わってきている。ですから、こちらで仕事ができるのは、まことにうれしい。どうやらひと働きできそうですからね」

ドリスは、いつになく心を打たれた。そして、ひそかに思った。このおじいさん、好きだわ。ちょっぴり頭は変だけど……。

6

翌朝、クリスはサンタクロースの定位置に戻った。まずはめでたし。子どもの列はいっそう長くなり、「メイシー百貨店のサンタは、正直で、親切」との評判が人から人へと伝わっていった。

❦ ❦ ❦

だが、ドリスの胸には、まだわずかながら不安が残っていた。なんといっても、クリスを雇ったのは彼女である。悪い人には見えないが、どういう人か、わからないままだ。自分をサンタクロースと錯覚しているのは、たしか。無害そうには見えるけど、ひょっとすると……。確認だけは、しておかなくちゃ。

ドリスは、例の雇用カードを、もう一度出して、眺めた。住所は、ロングアイランド、グレートネック、メイプルウッド老人ホーム。好奇心から電話帳を調べてみると、載ってる、載ってる！　驚きに背中を押され、ドリスは電話をかけた。

だが、それでわかったことは、安心の種にはならなかった。

「その名前の人なら、数日まえまでいました。その人の心身の健康についてご心配な点があれば、当ホームの医師、ピアス先生におききになってください。先生も今日はお留守ですけど……」

戻られたらご連絡を、と頼んで受話器を置いたが、不安はまえよりひどくなった。どうしよう？　気は進まないが、ソーヤー氏に相談してみようか……？

アルバート・ソーヤー氏は、メイシー百貨店の職業指導とカウンセリングを担当する、知ったかぶりの尊大な人物である。「畑違いのことをうかがってごめんなさい」とあやまるドリスに、彼は「いやいや、まさに当方の専門です。異常心理にはかなり詳しいんでね。さっそく面接してみましょう」と言った。

そんなわけで、クリスはソーヤー氏の部屋に呼ばれ、〈試験〉をされた。知能テストなら、クリスはこれまで何度も受けたことがあり、そのたびにりっぱに合格したばかりか、答えを暗記しているくらいだ。ソーヤー氏の質問もこれまでのと似たりよったりだった。

アメリカ合衆国初代大統領の名は？

3×5は？

クリスは、すべての質問におとなしく答えていったが、ソーヤー氏のいばりくさった態度や、号令そこのけの大声がだんだん嫌になってきた。視力は？　耳はちゃんと聞こえるかね？　もの忘れをしないかね？　えんえんときいたあげく、ソーヤー氏は指を三本、クリスの前に突きだした。

「何本、見える？」

「三本。ははあ、爪を噛《か》む癖がおありですな。なにか心配ごとでも？　夜は、よく眠れますか？」

「うるさい！　3×5はいくつか、言ってみなさい」

「15。さっきも言ったじゃないですか。爪を噛むなどの癖は、情緒不安定からくるものですよ。ご家庭は、うまくいっていますか？」

ソーヤー氏はクリスを睨《にら》みつけた。どうやら、痛いところを突かれたらしい。

「もうよい。行ってよろしい」

「それはどうも」

クリスは立ちあがった。

「ソーヤーさん、無理はいけません。もっと外に出て、新鮮な空気を吸ったほうがいい。運動をなさい。のんびりするんですな」

一方、ドリスが昼食から戻ってみると、ドクター・ピアスが待っていた。ゆったりとした、温厚そうな人物だ。

「ホームのほうにお電話をいただいたそうで。新聞で、クリスの写真を見ました。こちらで仕事が見つかって、本当によかった。実は、クリスのことでちょっと、お耳に入れておきたいことがありましてね。少々変わった人なものですから」

「そのようですわね」

「しかし、危険なことは、まったくないんですよ。クリスのような思いこみをかかえていても、支障なく暮らしている人は大勢います。たとえば、ハリウッドの例のレストラン王ですが、彼など、自分はロシアの侯爵だと断言してはばからない。証拠はなにもないのにね」

ドクター・ピアスは、クリスとは長年の知り合いだし、彼のことは大好きだ、とはっきり言った。

「心配なさるようなことは、なにもありません。クリスは善意の人です。たしかにちょっとした妄想癖はあるが、善意ゆえの思いこみとでもいいますか。人の役に立つことしか考えていないんですから」

ドクターの気がかりはただひとつ。クリスに元気でいてほしいということだけだった。

「もしも、それとなく彼を見ていてくれる人がいれば、安心なんですが。いや、夕方仕事が終わってからの話です。なにしろ、年が年ですのでね。このニューヨークをひとりでうろうろしているかと思うと気になります」

すっかり安心したドリスは、その点はお引き受けします、と約束した。


ドクターと入れちがいに、シェルハマー氏とともに入ってきたソーヤー氏が、にがにがしい顔で、クリングルが妄想にとりつかれているのは間違いない、と告げた。

ドリスは、今しがたメイプルウッド老人ホームの医師から、心配しなくてよいと言われたばかりだ、と答えた。するとソーヤー氏は、一回の〈試験〉でわかるものではない、あの手の妄想の持ち主は、妄想をけなされると突然暴力的になるものだ、と反論した。

「わたしはこの分野の症例をいろいろ調べてきたから、よくわかる。今後も彼をここで働かせるのであれば、わたしには責任を取れませんが、よろしいですか」

「責任ならわたしが取るわ。ピアス先生のお話は信頼できると思うの」

ソーヤー氏は立ちあがった。

「では、わたしは手を引きます。あのじいさんが暴れても——とにかく、どうなっても知りません！　すべて、そちらの責任ですからな！」

この捨てぜりふを残して、ソーヤー氏は出ていった。だが、ドリスとシェルハマー氏は「クリスのことではもう心配しなくてよい」と意見が一致。ただ、念のため、世話人というか、後見役をつけておこう。

シェルハマー氏が言った。

「まずはよかった！　後見人なら、あなたがぴったりでしょう！」

「それは無理よ！　うちは、娘とふたり暮らしですもの。第一、ベッドがないわ」

「なるほど」

シェルハマー氏は考えこんだ。

「わたしのとこは息子が学校の寮に入っているから、部屋はあるが……」

「素敵！」

「しかし、家内に無断で決めるのは……。話のもっていきようもあるしね。こうしませんか。今夜、クリングル氏をあなたのうちに夕食によんでやってください。そのあいだに家内をうまく説きふせて、お宅に電話しますから」

そういうことに、話は決まった。

7

　ドクター・ピアスに太鼓判を押してもらったにもかかわらず、やっぱりドリスは、家にクリスをよんで食事をすることを考えると、心細い気がした。自分ひとりで座がもつかどうか……。そこで、フレッドに電話で応援を頼んだところ、フレッドはふたつ返事で承知。主賓の名を聞いて、さらに喜び、事務所の同僚からもらったという鹿肉をぶら下げてあらわれた。クレオが秘伝のレシピで調理した鹿肉ステーキは、見ただけでよだれが出そうなできばえだったが、クリスは食べず、申しわけなさそうにこう言った。

「菜食主義じゃあないんですよ。ビーフなら大好物だし、ポークも、マトンもいただくが、鹿肉ばかりは……！」

きいてみると、クリスはなかなかのグルメで、世界各地の美味、その調理法を実によく知っていた。胴まわりがりっぱなのも、長年うまいものをたらふく食べてきたからであるらしい。そんなわけで、食事はたいそうなごやかに進行した。

食事がすみ、ドリスとフレッドがクレオを手伝って食器洗いをするためキッチンに行ってしまうと、クリスはスーザンに話しかけた。食事中、スーザンの大人びた顔をそれとなく観察し、話すチャンスを待っていたのだ。

一方、スーザンのほうもクリスを観察し、頭の中に《?》をためこんでいた。この人、いったいだれ……? サンタクロースはいないのよって、ママは言ってるけど、クリングルさんはほかの偽サンタとどこか違う……。

メイシー百貨店で、クリスとオランダの女の子がおしゃべりするのを見たとき、スーザンはショックを受けた。サンタは自分だとクリスが言うのを聞いたときは、嘘とは思えなかった。そんなわけで、母親を疑うつもりはないが、「クリングルさんがほんとにサンタだったらいいな」と願わずにはいられなかったのである。

クリスがスーザンにきいた。

＊　＊　＊

「お友だちとは、なにをして遊ぶのかね？」

「遊ばないわ。みんな、ばからしいことしかしないから」

「そうか。たとえば、どんな？」

　スーザンは顔をしかめた。

「今日は、動物園ごっこをやってた。『なんの動物になりたい？』ってきくから、動物になんかなりたくないって、言ってやったの」

「ライオンでも、クマでも、なったらいいじゃないか？」

「ライオンじゃないもの。あたしは女の子よ」

「ほかの子だって、動物じゃないさ。なったつもりになって、遊ぶんだろう？」

「だから、ばからしいのよ」

「そんなことはない。コツを覚えれば、愉快に遊べるよ。ただし、想像力《イマジネーション》を使わなくちゃならんがね。スーザン、想像力を知っているかい？」

　スーザンはませた顔でうなずいた。

「ほんとはないんだけど、あるつもりになることでしょ？」

❦ ❦ ❦

クリスはにっこりした。

「ちょっと、違うかな。想像力は〈場所〉なんだよ。そりゃもう、うんと素敵な国だ。そら、ブリティッシュネーションとか、フレンチネーション（ネーションは国の意）とか、聞いたことがあるだろう？」

スーザンはうなずいた。

「想像の国は〈イマジネーション〉というのさ。そこではね、好きなことがなんだってできるんだ。夏に、雪合戦ができたら愉快じゃないかい？　五番街の端から端まで、でっかいバスを運転していけたら？　自分の船で、中国やオーストラリアへ日帰りで遊びに行くのは、どうだい？」

スーザンはにやっと笑った。くだらないけど、おもしろそう……！

「朝のうちは自由の女神になる。お昼からは、ガンの群れにまじって南へ飛んでいく。こんなのは？」

スーザンは、思わずこっくり。

「簡単、簡単――ちょっと練習すればね。どうだい、やってみようか？」

「うん……」

クリスは顔をほころばせた。

「そう言うと思った！　それじゃあ、やさしいのからいこう。動物園のサルになろうか？」

「いいわ。だけど、どうやって？」

「ほら、こんなふうに背中をまるめてごらん。そうそう！　それから、手をちぢめて、内側に曲げるんだ」

こうしてクリスのレッスンが始まった。スーザンの演技は最初はぎこちなかったが、すぐにそれらしくなってきた。クリスは喜んだ。なかなか筋がいい！

キッチンでは、ドリスが皿を洗いながらこぼしていた。

「シェルハマーさんから電話が来るはずなんだけど、おそいわねえ。早くクリングルさんを迎えに来てほしいのに」

スーザンがクリスから変なことを吹きこまれては、と気にしているらしい。一方、フレッドは、クリスこそ、天がスーザンのために処方した薬、と感じていた。

「これからも、ちょいちょい食事に来てもらうといいよ」

「とんでもない！　悪い人だなんて言わないわ。けど、あの子にはあまり会わせたくないの」

フレッドは肩をすくめ、銀の大皿を取りあげた。

「これ、どこにしまう？」

「居間にもってってくださる？　二番目の棚よ」

フレッドが居間に行ってみると、クリスのイマジネーション・レッスンが山場を迎えていた。妖精《ようせい》の女王に変身したスーザンが、忠実なる騎士クリスの姿を魔法の杖《つえ》のひと振りで消すところである。

フレッドは驚き、かつ、喜んだ。

素敵だ！　スーザンが、毎日、クリスに会えるようになるといいんだが！　ドリスのがちがち現実主義教育の軌道修正ができる人がいるとすれば、それはクリスだ。ドリスにしても、クリスに会う機会がふえれば、少しは変わるかもしれない。うまい方法はないかな？　そうだ！

「クリス、住まいはどちらですか?」

「動物園のジムが当分泊めてくれるんだ。しかし、そういつまでもは、ね。そのうち、どこか探さないと……」

しめた!

「ぼくの部屋に余分なベッドがひとつあるんです。どうです、来ませんか?」

クリスは喜んだ。フレッドのところに同居させてもらえれば、スーザン親子にもひんぱんに会える。今のクリスには、それがなによりうれしいことだった。

キッチンのドリスに、待ちかねていた電話がようやくかかってきた。シェルハマー氏は夫人を説得するのにかなり手こずったらしい。「でも、なんとか承知させたんで、今から迎えに行きます」と氏は言った。ドリスはシェルハマー氏にちょっと待ってもらい、居間に駆けていってクリスに告げた。

「びっくりするかもしれないけれど、シェルハマーさんからお電話で、お泊めしたいがいかがですかって。あちらのお宅はお店に近いから、便利よ」

「それはご親切に。だが、たった今、ゲイリー君が、あいているベッドを提供すると言ってくれたのでね」

「フレッドが？」

振りむいたドリスに、フレッドはいかにも他意のなさそうなにこにこ顔で、「そうなんだ」とうなずいてみせた。……んまあ！　やってくれたわね……！　しかし、ドリスは「わかったわ」と言っただけでキッチンに戻り、シェルハマー氏にことのしだいを伝えた。

❦ ❦ ❦

クリスは、その晩、わずかな身のまわり品とともにフレッドの部屋に落ち着いた。電気を消そうと手を伸ばしたフレッドは、横のベッドのクリスに目をやった。

「来てくれてうれしいですよ。これで長年の疑問がとけますからね。サンタクロースは、ひげを毛布の外に出して寝るものですか？　それとも、毛布の下に？」

「出して寝るよ。冷たい空気にふれると、よく伸びるんだ！」

8

そんなことがあってからも、ドリスの心のすみに〈クリングルさんはちょっぴり頭のおかしなおじいさん〉との思いが残っていた。だが、まもなく不思議な〈クリス効果〉が驚くべきスピードで広がりはじめ、いくらドリスでもそれを無視するわけにはいかなくなる。

メイシー百貨店では、社長のツルの一声で、売り子たちが、他店や、他店の商品を客にすすめるようになった。社長はさらに、新聞という新聞に新商法の広告を大きく打ち、そのため客足は伸びる一方。そればかりか、その商法を他店も手本にしはじめた。

三十四丁目のメイシー百貨店から南へほんのひとまたぎのところに、ギンベル百貨店がある。そのギンベル百貨店では、社長がメイシー百貨店の広告の載った新聞をデスクに投

❦ ❦ ❦

げだし、社長室に集まった売り場主任たちを睨《にら》みつけた。

「諸君、なんでまた、向こうより先に思いつかなかったのかね？　え？　メイシー百貨店は今やもてもてだ。お客様第一の親切な店というのでね！　すると、うちのイメージはどうなる？　儲《もう》け第一のがめつい店だ！　負けてはおれん！　今後は、お客様のご希望の品が切れていたら、メイシー百貨店においでくださいと申しあげろ！」

　こうして善意の商法は根を下ろし、ほかの店もこれにならった。各紙こぞって、メイシー社長の勇断を社説で取りあげ、雑誌もどんどん記事にした。コメディアンもラジオ番組のネタにした。それやこれやで、メイシー百貨店の新商法は、またたくまに遠い西海岸にまで飛び火した。当然ながら、この一件の中心人物であるクリス・クリングル氏は、今や押しも押されもせぬ〈時の人〉である。

　さすがのドリスも「なんてすごい！」と感服し、ある晩、クリスとともに家路をたどりつつ、こう素直に打ち明けた。

「山車《だし》のそばで声をかけたときは、こんなふうになるなんて思いもしなかったわ」

　クリスはうなずいた。

「わたしもですよ」

「サンタクロース役をお願いして、ほんとによかった！」

クリスはうれしそうに笑った。よしよし！　なかなかよい徴候だ！

クリスの企ては、ほかの方面でもとんとん拍子に運んでいた。日曜日、クリスはステッキを手に、スーザンを連れてセントラルパークへと散歩に出かけた。行く先は、もちろん動物園である。クリスがトナカイの囲いの前で立ち止まると、トナカイたちが集まってきて、いつものようにクリスの手からニンジンを食べはじめた。

スーザンの目がまるくなった。

「わあ、不思議！」

だが、クリスの〈不思議〉は、それだけではなかった。スーザンは、クリスといっしょだと、もう楽しくてたまらない。クリングルさんって、とっても愉快……！　おもしろいお話やジョークを、どっさり知ってる。ママは怒るとおもうけど、ほーんと、楽しい！

さて、クリスは、スーザンの手をひいて歩きながら、〈クリスマスにサンタクロースにお願いしたいもの〉に話題を向けた。スーザンのような幼い子が、なにも願いごとがないなんてどうかしている。

「なにかあるだろう？　子どもなら、かならずあるものだよ」

スーザンはすぐには答えず、しばらく考えていた。実は、ひとつあるのだが、かなりの大物だったのである。

でも、もしも、クリングルさんがほんとにサンタクロースだとしたら……？　言ってみようか？

「あたしね、おうちがほしいの。おもちゃじゃなくて、ほんとの、ママといっしょに住めるようなおうち」

ニューヨークのアパート暮らしは、幼い子にとって、たいして楽しいものではない。広い庭に木がたくさんあって、ブランコもある——そういう家に住みたい。そして、クレオの手があいたときにセントラルパークに連れていってもらうのでなく、好きなときに庭で遊びたい。これがスーザンの望みだった。

クリスはたじろいだ。

「なかなかの注文だねえ。できるだけ、やってはみるがね」

「本物のサンタクロースだったら、やれるでしょ？　できないなら、クリングルさんはサンタクロースじゃないわ。ママが言ってるように、おひげの白い、ふつうの優しいおじいさんというだけよ！」

クリスは挑戦状を突きつけられたような気がした。この子は頭がいい。さあて、どうする？

スーザンは、財布から、小さくたたんだ紙きれを出して、クリスに渡した。折り目がすりきれているところを見ると、ずいぶんまえから持っていたのだろう。広げてみると、それは雑誌の切り抜きで、コロニアル調の可愛い家の絵が描いてあった。スーザンは、間取りもくわしく説明した。

うーむ、手ごわい！　クリスは、切り抜きをポケットに入れながら、さすがに不安になってきた。

「いいかい、スーザン。どんな願いもかなうというわけじゃないんだよ。だからといってサンタクロースがいないということには、ならない。もらったってどうしようもないものをほしがる子もいるからね。そら、『本物の蒸気機関車をください』なんて頼む子が、いっぱいいるんだ。蒸気機関車を置く場所もないのにね。妹か、弟がほしいと頼む子もいる。お父さんもお母さんも忙しくて、赤ちゃんの世話をする時間がないというのにね。

それに、ほしいものがすぐにもらえるとしたら、つまらないよ。違うかね？　長いことその願いを心にもっているほうが、願いがかなったとき、うんとうれしいものだ。つまり、願いがかなわない理由はいろいろあるということだよ」

スーザンにも、蒸気機関車や赤ちゃんが無理な注文なのは、よくわかった。

「でも、ずうっとまえからほしかったのよ、このおうち。もらえたら、うんとうれしいと思うわ」

クリスは、もうなにも言えなかった。今や、すべては彼しだいである。

その夜、フレッドのアパートで今から寝ようというとき、クリスは作戦実行に着手した。スーザンの夢をかなえてやるには、これしかない。フレッドにドリスのハートを射とめてもらうのだ。そうしたら、ふたりはきっと新居を捜すだろう。ドリスがひとりで引っ越しを思いつくことは、ありえない。

そこで、ドリスをどう思っているか、さりげなくきいてみると、フレッドは率直に打ち明けた。彼女をとても愛しているが、ロマンスの花咲く見こみはどうもなさそうだ、と。

ドリスが最初の結婚に失敗し、その結果、心を閉ざしていることも語った。

「だから、子育てとキャリアのことしか、頭にないんです。それ以外のつきあいとか、ちょっとした楽しみとか、そんな暇はないらしいんですよ」

クリスはまじめな顔でうなずいた。

「今の世の中、そういう人がごまんといる」

「そのようですね」

「どうにかしないと、いかんな！　それも、早急に！」

「ぼくもそう思います。けど、どうすればいいものやら……」

クリスにはアイディアがいろいろあった。まず、「明日の晩、食事に誘ってみるといい」と知恵をさずけた。

「喜んで誘いますよ。しかし、これまでだって、なんども誘ったんです。そのたびにあっさり断わられて――」

「今度は、だいじょうぶだ。わたしが請けあうよ」

* * *

❦ ❦ ❦

翌日、クリスは、ドリスと顔を合わせたとき、「ゲイリー君は、まことに好もしい青年ですね！」とほめちぎった。ドリスも同感らしかった。さらにクリスは、気分転換の重要性に、さりげなく言及した。

「あなたのように仕事熱心な人ほど、気分転換が必要なんですよ」

これにも、ドリスは同意した。

そんなわけで、閉店時刻にフレッドがおもちゃ売り場にあらわれたとき、クリスはにこにこ顔でサンタクロース用の椅子《いす》から下りてきた。

「ドリスと食事に行くところだね？」

フレッドは首を横に振った。

「今夜も夜中まで残業だそうです。夕食は、デスクでサンドイッチとコーヒーですますと言ってました。だから、あなたといっしょに帰ろうと思って……」

「ふーむ。デートもできないほど忙しいのか。わたしが説得——」

「無理、無理！　ぼくだってさんざん説得したんだもの」

「うーむ……。なにかうまい手がありそうなものだ」

クリスは、ちょっと着がえてくるから、とロッカールームのほうに去っていった――なにやら思惑ありげな顔つきで。

フレッドは、ずいぶん長いこと待っていた。そのうち待ちきれなくなり、ロッカールームに行ってみると、なんと、クリスはいなかった。近くにいた荷物運びの作業員が、クリングルさんなら、だいぶまえに従業員用のエレベーターで帰りましたよ、と教えてくれた。

おかしいぞ！　フレッドは、ドリスのオフィスに行って事情を話した。

ふたりは、あちらこちらに電話をした。ドリスのアパートでは、クレオが出て「クリングルさんはいらしてません」と言った。フレッドのアパートは、応答なし。メイプルウッド老人ホームにもかけてみたが、やはりいない。

ドリスは心配になってきた。タイムカードを調べてみると、タイムレコーダーはちゃんと押されており、クリスは三時間もまえに店を出ていた！

事故だろうか？　ふたりは、警察と病院にもあたった。ソーヤー氏のいやな予言を思い出し、ベルヴュー精神病院にも問いあわせた。しかし、クリスはどこにもいなかった。

夜がふけるにつれ、ドリスの心配はつのっていった。社長のご機嫌だの、自分自身のクビのことだのを考えて不安になっているのでないことは、フレッドにもわかった。ドリスは、知らず知らずのうちに、クリングル氏がとても好きになっていたのである。

フレッドは思わずこう言った。

「オドロキだなあ！」

「どうして？」

「きみらしくないからさ。いつもばりばり仕事をこなす人が、変わり者の老人ひとりのことで、こんなにあたふたしてるなんて！」

「クリングルさんは、ただの変わり者のおじいさんじゃないのよ。もっと、そのう――ええっと……」

ドリスは言葉につまった。

「わかるよ、なにを言いたいのか」

フレッドは、喜んでいるのを悟られまいとして、それしか言わなかった。それはさておき、クリスはいったい、どこへ消えたのか？

やがて、疲れはてたふたりは、家路に向かった。とちゅう、セントラルパーク動物園に寄ってみると、ジムは、「このまえの日曜日、小ちゃいお嬢ちゃんを連れてきてましたけど、それきり顔を見てません」と言った。

もうお手あげだ。あとは、クリスの無事を祈って待つしかない。おまけにドリスは、大事なブローチをどこかでなくし、意気消沈していた。

「あのブローチね、祖母から母に、母からわたしに遺《のこ》されたものなの。だけど、今夜はお店の中をあちこち歩いたり、タクシーに乗ったりしたから、見つかりっこないわ」

それやこれやで、アパートに帰りついたときのドリスは、今にも泣きそうな顔をしていた。フレッドは、優しい言葉のひとつもかけたいと思ったが、ぴしっとやり返されるのは目に見えていた。夕方からいっしょにいたため、ふたりの間には親しい気分が生まれていたが、それを言うのもはばかられた。そこで「おやすみ」だけ言って帰りかけた。

ところが、ドリスは名残り惜しそうに、こう言った。

「あのう――いろいろありがとう。あなたがいなかったら、今夜はどうしていいかわからなかったわ」

フレッドはちょっと笑って、答えた。

「男もたまには役に立つってことさ。ちょっぴりでも力になれて、よかった」

「ちょっぴりだなんて――あのう、とっても感謝してるわ、フレッド」

ドリスの目に涙が浮かんだ。彼女は半歩近づき、彼を見あげた。ひょっとして、キスを……？　しかし、ドリスは、ちらっとほほえみ、自分を抑えた。フレッドは低い声で「じゃ、おやすみ」と言うと、ドリスのアパートのドアを静かに閉めた。

そんなわけで、明かりのついていない自分の部屋に戻ってきたとき、フレッドはにこにこしていた。クリスの心配がなかったら、今夜は最高だった。しかし、クリスはいったい、どこへ……？　最初のうちは、ひょっとしたら隠れんぼでもしてる気かな、と思ったが、夜がふけるにつれ、心の底から心配になってきた。もしもクリス・クリングル氏の身に異変が起きたなら、世界は変わってしまうのだ。

寝室の電気をつけたとき、フレッドは、あっと驚いた。クリスが！　ベッドですやすや眠っている！　すぐに電気を消そうとしたが、クリスはがばっと起きあがった。

「フレッド、どうだった？」

「どうもこうもありませんよ。死ぬほど心配したんだから！　ずっとここで寝てたんですか?」

クリスはうなずき、うふふと笑った。

「どうして電話に出なかったんです? ドリスと、ニューヨークじゅう捜しまわったんですよ」

「そうか、そうか!」

クリスの目が、いたずらっぽく輝いた。

「で、楽しかったかね? ドリスと仲よくなったかね?」

「まあ……それはそうだけど……」

クリスは喜色満面でうなずいた。

「やっぱりね! またやってみよう!」

「そ、そんな――やめてくださいよ!」

またあんな心配をさせられるのは、ごめんだ。フレッドは怒ったふりをしてみせた。「ひどいじゃないですか! ドリスがどんなに気をもんだか、わからないんですか? ひょっとすると、朝まで寝ないで心配してるかもしれない。ちょっと行って、あなたのいたずらだったと、教えてこよう」

「そう、そうしなさい！」

クリスはにこにこ顔で同意した。

「またもうすこし、仲よくなるチャンスだ」

ドアを開けにきたドリスは、髪を背中にたらし、ふわふわのひだをたっぷり寄せた薄いガウンを着ていた。こんなあでやかなドリスを目にするのは、フレッドは初めてである。さっき別れたスーツ姿のミセス・ウォーカーと同じ人とは思えない。彼女は、クリスが戻ったと聞いて、とても喜び、安心したあまり自分の身なりのことも忘れて、フレッドを招きいれた。

「でも、どうして？　どこにいたんでしょう？」

「実は、そのう、クリスはサンタクロースのほかに、縁結び《キューピッド》の役もやってるつもりなんだ。ぼくらがいっしょにいる時間を作ってやろうと思って、姿をくらましたらしいよ」

「んまあ！」

だが、ドリスは、予想したほど怒らなかった。

「たぶん、今ごろ、あっちの窓からぼくらのようすを見てるんじゃないかな」

「それなら、コーヒーでもいかが？　見てるなら、見せてあげましょうよ」

「いいね！」

それから三十分ほど、フレッドはなんとも幸せな気分を味わった。なにしろドリスとならんでソファにかけ、クリスに見せるためとはいえ、彼女の肩に腕をまわしていたのだから。ドリスがコーヒーのおかわりをいれに立ったとき、向こうの窓に目をやると、クリスがこっちを眺めていた。だが、まもなくその顔も見えなくなった。きっと寝てしまったのだろう。

いくらなんでも、もう帰ろう——。

立ちあがったちょうどそのとき、子ども部屋で泣き声がした。スーザンが怖い夢を見ているらしい。フレッドは、とっさに駆けていき、スーザンを抱きあげると、だいじょうぶだよ、となだめてやった。スーザンは泣きやみ、目をあけた。涙にぬれた顔が、にこっと笑った。

「フレッドおじさん！」

スーザンは、すっかり安心したようだ。

その場面をそばで見ていたドリスは、胸が熱くなった。この子、〈フレッドおじさん〉が大好きなのね……！

帰るとき、フレッドはドリスをやさしく抱きよせ、キスをした。今夜のひとときがクリングル氏に見せるための演技だったことには、もうどちらも触れなかった。

9

❦ ❦ ❦

翌日の午後。フレッドは、ティファニー宝飾店のいかめしいドアを開けると、意を決して中に入っていった。そして、年配の、ちょっと近寄りがたい感じの店員に「ブローチがほしいんだけど」と告げ、ドリスのなくしたブローチの大きさやデザインを説明した。だが、なかなかうまく伝えられないものだ。いくつか出して見せてもらったが、どれも、思っているものとすこし違う。しかし、やがて、店員にも、フレッドのほしいものがわかったらしい。

「申しわけございませんが、その手のものは、ただいま当店にはございません。カルティエさんに行ってごらんになってはいかがでしょう？　それほど遠くはございませんよ。あちらも、よいものを置いていらっしゃいます」

フレッドは、驚いて、店員の顔を見た。

「カルティエにも行ってきたんだよ。ティファニーにあるんじゃないかと言われて、それで来たんだ」

「さようでございましたか。カルティエさんからは、このところ、お客様を大勢ご紹介いただいております」

フレッドはあっけにとられたまま、ティファニーを出た。フレッドも、メイシー百貨店の新聞広告は見ていたし、善意の〈クリス効果〉が広がりつつあることも、新聞や雑誌で知っていた。しかし、これほどとは想像していなかった。ティファニーがカルティエを紹介するとは、これはもう「すごい!」の一語に尽きる!


やがて、イメージにぴったりのブローチを手に入れたフレッドが、足取りも軽くメイシー百貨店に入っていくと、またまた驚くことが待っていた。

これまでしかめっつらの見本のようだったドアマンが、気持ちよく挨拶《あいさつ》をする。エレベーターボーイも愛想がよい。通路にあふれる買い物客も、ちょっと人にぶつかれば「失礼！」とあやまり、だれかに足を踏まれても「いいんですよ！」と笑っている。それもこれも、もとはといえばクリスなのだ。〈クリス効果〉を発見するたびに、フレッドはいよいよ驚き、感動した。

ところで、ドリスはというと、オフィスにはいなかった。おもちゃ売り場のサンタクロース用の椅子《いす》もからっぽである。見ると、クリスマスツリーの前に人垣ができていて、その中にドリスもいた。近づいていってみると、メイシー氏とギンベル氏が、大勢のカメラマンの前で、サンタクロースに見守られつつ、握手をしていた！

ドリスがフレッドに言った。

「奇跡中の奇跡よ！　夢みたい！」

「うん。クリスがいなかったら、こういうことは起こらなかったろうね」

ドリスは無言でうなずき、フレッドを見てほほえんだ。

メイシー氏とギンベル氏が、カメラの放列に笑顔を向け、握手した手に力をこめて振った。フラッシュがさかんに光った。

「うちの店でも、撮ってもらいましょうや」とギンベル氏。

＊＊＊

「それがいい！」とメイシー氏。

ドリスがフレッドにささやいた。

「ねえ、わたしをつねってみてくれない？　信じられないわ！」

信じられないことは、さらに続いた。メイシー社長が、一同の目の前でクリスに小切手を贈呈したのである。

「当百貨店のみならず、ニューヨーク市全体に善意の新風を送りこんだクリス・クリングル氏をたたえ、ここに小切手を贈ります」

クリスは大いに喜んで小切手を受けとり、メイシー社長の「なにに使うつもりか」との問いに、こう答えた。

「レントゲン写真を撮る器械ですよ。あるドクターに、たいそう親切にしてもらっていましてね。クリスマスにプレゼントします」

「しかし、高いぞ！」

とメイシー氏が言うと、ギンベル氏がすかさず引きとった。

「わしにまかせなさい。うちで卸値で売ろう」

メイシー氏も負けてはいない。

「いや、うちが原価で出す」

フレッドは、ここでポケットから小さな包みを取りだし、ドリスに渡した。

「ぼくも、きみに贈呈するものがあるんだ。ただし、贈呈式なしで……」

ドリスは、ブローチを見て大感激。服につけるのをフレッドにやらせてくれた。そればかりか、オフィスに戻るとき、フレッドの腕に自分の腕をすべりこませた。大勢の人が見ているのもかまわずに……！

フレッドにしてみれば、これぞ〈メイシー＋ギンベル〉を超える一大奇跡である！

「きみにも〈クリス効果〉がおよびはじめたみたいだね！」

「そうらしいわ！」

ドリスは、フレッドを見あげてほほえんだ。

10

その夜、ドリス、クリス、フレッドが連れだって帰宅すると、スーザンが三、四人の子どもたちと遊んでいた。

ドリスは驚いた。これまでのスーザンは、「近所の子って、ばかばかしい遊びしかしないの。ひとりで遊んでるほうが、ずーっとマシ」が口癖だったので。

そのスーザンが、魔女ごっこに夢中になっている。ほかの子にくらべれば、たしかにスーザンの〈魔女〉はやや練習不足かもしれない。だが、クリスの指南のかいあり、この子の想像力《イマジネーション》がすくすく育っているのははっきりわかった。ドリスはすっかりうれしくなった。これまでのドリスなら、実在しない魔女などになったつもりで遊んでいるわが子を見たら叱《しか》ったろうが、今はそんな気になれなかった。なんといっても、娘がこれほど楽しげに遊んでいるところを見るのは初めてだったのだ。

食事中、ドリスはよく笑い、とても幸せそうに見えた。ついこのあいだまで仕事一筋だった彼女が、これほどまでに変わるとは……！　クリスは、ときおりうれしそうにひとりうなずき、食後、スーザンに本を読んでやるときも、にこにこ顔で「クリスマスにはきっといいことがあるよ」と言った。

キッチンでは、フレッドとドリスがクレオを手伝って後片づけ。皿洗いをしながら、ドリスが残念そうに言った。

「今夜ね、実は、これから出かけなくちゃならないの。人事関係者の勉強会に、ソーヤーさんの講演をお願いしてあるのよ。行きたくないけど、すっぽかすわけにはいかないわ。わたしが司会だし、ずっとまえから決まっていたことだから……」

講演の内容が内容だったので、ドリスはクリスの前では言わなかったのである。

ドリスが出かけてしまうと、フレッドとクリスはスーザンを寝かせた。そのあと、フレッドが自分の部屋にパイプとタバコを取りに行き、そのあいだに、クリスはドリスの机にあったはがきに目をとめ、文面を読んでみた。

《勉強会のご案内》

日時：十二月十八日、水曜日、午後八時三十分より

場所：グレニッチヴィレッジ公民館、ホール

講師：アルバート・ソーヤー氏

演題：サンタクロース神話の嘘をあばく

なお、講演後、意見交換を予定しています。

司会　ドリス・ウォーカー

これを読んで、クリスが猛烈に立腹したのは無理もない。帽子とステッキを取りあげるや、憤然として外出した。

ところが、公民館にたどりついてみると、「はがきご持参の方しかご入場になれません」と断わられた。はがきはドリスの机の上に置いてきた。だが、ソーヤーの大ばか野郎がどういう大ばか話をするか、なんとしても聞かねばならぬ。

クリスは、別の入り口をこっそり探すことにした。

ホールの横の廊下をゆるゆる歩いていくと、鍵のかかっていないドアが見つかった。そうっと開けて、一歩、二歩、入ってみた。と、ドリスの声が聞こえた。

「……では、アルバート・ソーヤー氏をご紹介します」

ぱらぱらぱらと拍手の音。どうやら、クリスは舞台裏にもぐりこんだものらしい。舞台のほうで、ソーヤー氏の声がした。

「拝見したところ、ここは芝居の舞台ですかな。今からお話し申しあげることにいささかそぐわないようでもありますが、ご了承ください」

実は、このホールは、昼間、児童劇団がクリスマス劇の上演に使用中で、舞台装置――セロファンの窓と大型暖炉のかきわり――がそのままになっていた。クリスは、セロファンでできた窓の向こうにソーヤー氏の姿を見つけた。ソーヤー氏は、演台を前にして話していた。

「サンタクロース、すなわち聖ニコラス、クリス・クリングルとも呼ばれるこの人物は、すべての子どもの願いを集約したものでありまして、頼めばなんでもくれる人、寛容なる父のシンボルといってもよろしい。こうしたでたらめな神話の片棒をかつぐ人間は、成熟しているとは言えず、精神疾患を疑われても仕方がありますまい。サンタクロースを信じる者は、現実直視に耐ええずして幼児的空想にしがみついているのであります」

客席がどっと沸いた。ソーヤー氏は驚いて、目を上げた。だが、背後のセロファンの窓にクリス・クリングル氏の姿が浮かびあがっているとは、知るよしもない。

しかし、ドリスには見えた。そして、みぞおちが冷たくなった。どうやって、あそこに？　なにをするつもりかしら？

ソーヤー氏は、笑いをとるようなことは言わなかったはずだが……と思いながらも、話を続けた。

「人は、しばしばサンタクロース役を演じたいという願望をもつものでありますが、これぞ強烈なる贖罪《しょくざい》願望の裏返しにほかならない。わが子に対し罪の意識をもつ父親は、わが子に物を与えることによって良心の呵責《かしゃく》をのがれようとするのであります。他人を踏み台として金を儲《もう》けた人間が、慈善事業に寄付することによって良心の呵責をのがれようとするのと、おなじ原理であります」

ソーヤー氏の熱弁はとどまるところを知らず、一方、セロファンの向こうのクリスはといえば、怒り心頭に発したとみえ、ステッキを振りあげている。客席のドリスは気もそぞろだ。手振りや、百面相でクリスの注意をひこうとするが、どうにもならない。ソーヤー氏のサンタクロース攻撃はいよいよエスカレート。それにつれ、クリスの反応も過激化した。

クリスは舞台に出たい一心で、あちこちを眺めまわし、ついに、かきわりの継ぎ目を押すと隙間《すきま》が生じることを発見した。

折りしも、ソーヤー氏は一大放言をやってのけた。

「世界に善をもたらすどころか、サンタクロース神話はアヘン以上の害をまんえんさせているのであります」

なんだと！　クリスは舞台に飛びだした。講演者がサンタクロースをこきおろしたまさ

❦ ❦ ❦

にそのとき、当のサンタクロースが暖炉の後ろから登場したのだから、客席は沸きに沸き、笑いくずれた。むろん、クリスは笑わない。

「ちょっと言いたいことがある！」

ソーヤー氏は驚き、かつ大いに立腹した。

「話しているのはわたしですぞ、ミスター・クリングル！」

〈クリングル〉と聞いて、聴衆はさらに喜んだが、ソーヤー氏は心外だったに違いない。ドリスが立ちあがり、身振りでクリスを制止しようとしたが、もちろん、なんの役にも立たなかった。クリスが言った。

「意見交換をするとはがきに書いてあった。わたしにも、発言の権利はあるはずだよ。あんたさんの変てこな話に反論するなら、わたしが最適任者だろう」

「意見交換は講演が終わってからです！」

「なるほど。では、待たせてもらいますよ」

クリスは舞台の端まですたすた歩いていき、そこにあったベンチに腰かけた。

哀れなソーヤー氏は話を続けたが、今や、聴衆の目はクリスに釘づけだ。ソーヤー氏がサンタクロースを悪く言うたびに、クリスは片方の眉《まゆ》を上げたり、ステッキの握りで鼻の頭をこすったり。そのたびに、会場は笑いでどよめいた。

ちょうどそのとき、フレッドが後ろのドアから、そっと入ってきた。パイプをもってドリスのアパートに戻ってみると、クリスが見えず、あちこち探しているうちに例のはがきを発見し、ドリスに急報するため駆けつけたというわけである。だが、クリスが舞台上にいるのを見て、ひと安心。後方の座席で講演を拝聴することにした。

気の毒に、ソーヤー氏の話は支離滅裂になっていった。口ごもったり、言いまちがえたり、ついに、サンタクロースと言うつもりで「クランタソース」とやるにおよび、聴衆は腹をかかえて笑いころげた。笑われるたびにソーヤー氏は頭にどんどん血がのぼり、舌がもつれ、言いかけたことを最初から言いなおす羽目にもなった。クリスはからかってやりたい誘惑に負け、ソーヤー氏のほうに指を二本突きだして、こうきいた。

「何本、見えますか？」

ソーヤー氏の顔から血の気が引いた。

「生意気なじじいだ！　どうにかしてもらいたい。こいつがここにいるあいだは話をしません！」

ドリスが立ちあがり、クリスに「むちゃはやめて！」と懇願した。

「むちゃなんぞ、していませんよ。この男の話はでたらめだ。いかにでたらめかということを、みなさんにお話ししたい。それがすむまではここにおります！」

「ほほう！　そっちがその気なら、こっちにも考えがある」

ソーヤー氏が、こぶしをかためて近寄ってきた。クリスはソーヤー氏を睨《にら》み、ステッキを握りしめた。

「生意気なじじいと言ったな！」

「そんな棒切れでおどす気か！　舞台から下りてもらおう！」

迫りくるソーヤー氏から身を守ろうと、クリスはステッキを持った手を突きだした。

ソーヤー氏がステッキをぐいとつかみ、クリスがすばやく振りきった。はずみで、ステッキがソーヤー氏の頬《ほお》をかすった。

「やったな！」

ソーヤー氏は金切り声で叫び、飛びのいた。

❦ ❦ ❦

「ふん、もっと本気でガーンとやってやればよかった！」

ドリスが間に割ってはいり、双方をけんめいになだめた。ソーヤー氏は、赤みをおびた頬をなでながら、こんどはドリスに噛《か》みついた。

「ウォーカーさん、危険人物の肩をもつ気なら、警察を呼びますぞ！」

「そんな！　やめてくださいい、お願いですわ！」

いやはや、ひどいことになったものだ。しかし、さすがはソーヤー氏、体裁よく引きあげるなら今、と察知したらしい。「紳士、淑女諸君。講演はこれにて終了といたします」

こう宣言すると、ドリスに向かい、「よろしい、警察は呼びません——今はね。明朝、シェルハマー氏のオフィスにおいで願いたい。今後の方針について検討します！」と言いわたし、最後にクリスを睨みつけた。「こういうわけのわからん輩《やから》には、かならずや社会の制裁が下りますからな！」

捨てぜりふとともに、アルバート・ソーヤー氏は足音も荒く立ち去った。

11

翌日、朝いちばんに、ドリスはソーヤー氏とシェルハマー氏を向こうにまわす羽目になった。

すでに、ソーヤー氏は前夜のてんまつをシェルハマー氏に誇張して聞かせ、「クリスは頭のおかしな危険人物である」と吹きこんでいた。さらに、おくれて到着したドリスの前でも、「無礼な口はきく、ステッキは振りまわす――まったく言語道断な男だ！」とこきおろした。

ドリスはクリスの弁護にまわった。

「そんなおおげさな！　クリングルさんが昨夜の講演に飛び入りしたのはまずかったけど、

ステッキを振りまわしたなんて、嘘よ」

しかし、ソーヤー氏の言い分を鵜《う》のみにしてしまったシェルハマー氏は、ドリスの話を聞く耳をもたなかった。

「うーむ。今や大評判のうちのサンタクロースが実は危険人物だったとわかったら、どうなります？　ギンベル氏に事の真相が知れたら……？　いやもう、考えただけでぞっとする。責任はだれにあるかといえば、あなたですよ、ウォーカーさん。変な妄想にとりつかれているのを知りながら、雇ったんですから！」

ソーヤー氏は、わが意を得たりとうなずいた。

「殴られたのがわたしで、まだよかった！　可愛い子どもさんがたに危害がおよばなかったのが、もっけの幸いですよ。問題は、じじい――いや、気の毒なあの老人をどうするかです」

シェルハマー氏も横から言った。

「さっそく、対策を講じなくては！」

ドリスはあわてた。

「待って！　クリングルさんはそんな人じゃないわ。ふつうの優しいおじいさんよ。人に危害を加えるなんて、ぜったいに――」

「ありますぞ！」

ソーヤー氏が断言した。

「症状が進行して、暴力的発作をおこす段階に入ったと見てよろしい」

「でも、ピアス先生は、彼の場合そんな心配はないとおっしゃったわ。あの人の思いこみは善意の――」

「ピアスは精神科医ではないですからな」

「あなただって、精神科のお医者様じゃないでしょう」

「ま、ただちに専門医の徹底的診察を仰ぐにこしたことはない」

それもそうだ、とシェルハマー氏はうなずいたが、ドリスはなおも反対した。

「そういうテストなら、これまでに何度も受けて、いつも異常なしだったのよ」

シェルハマー氏が提案した。

「診察してもらうだけなら、べつにかまわないんじゃないですか。その結果、どこも悪くないとなれば、仕事を続けてもらえばいいんですから」

ソーヤー氏がねっちりと念を押した。

「悪いとわかれば、診察を受けさせて正解だったということですよ」

ドリスは追いつめられた気持ちになった。ゆうべ、クリングルさんは暴力を振るったりしなかった。あれっぽっちのことを針小棒大に言うなんて、ソーヤーって、なんて嫌なやつ！ とはいえ、シェルハマー氏の意見ももっともだ。診察を受ければ、どこも悪くないというお墨付きが出て、午後にはおもちゃ売り場に戻れるわ、きっと。

ドリスは、弱々しくうなずいた。

＊＊＊

とたんに元気になったソーヤー氏は、「診察の手配でしたらわたしが！」と恩きせがましく言いだした。彼の狙《ねら》いはただひとつ。すなわち、クリングル氏をメイシー百貨店から追いはらうことである。それも、一刻も早く。実は、すでにうまい計略を思いついていたのだが、それをミセス・ウォーカーに知らせるつもりなど、これっぽっちもなかった。

ソーヤー氏は言った。

「どうやって店から連れだすか……。また、ええと、騒ぎになってもまずい。今の病状だとおそらく暴れるだろうしねえ」

シェルハマー氏がドリスの顔を見た。

「ウォーカーさん、あなたから説明しては？　あなたがいちばん親しいし、信用されてるんですから」

ドリスはだんぜん拒否した。診察には一応賛成したけれど、わたしから言うなんて、お断わりよ！

そう、ドリスは、今ではクリングル氏がとても好きになり、彼の心を傷つけるようなことをする気には、なんとしてもなれなかったのだ。

ソーヤー氏がシェルハマー氏に目くばせした。

「それなら、けっこう。ウォーカーさんをわずらわせるまでもない。わたしに考えがあります」

❦ ❦ ❦

クリスは、いつものようにサンタクロースの席にすわり、列をつくって待っている子どもたちを、順番に膝《ひざ》に抱きあげては、おしゃべりをしていた。そこへシェルハマー氏が来て、こう告げた。

「市長さんが、いっしょに写真を撮りたいんだそうだ。市庁舎まで行ってくれるかね?」

「そりゃまた光栄な。行きますよ。ただ、五時にメイシー社長と約束が……」

「ああ、それまでには、ゆうゆう帰ってこられる。あそこにいる男ふたりが、いっしょに行くことになっていてね。車を待たせてあるんだよ」

そんなわけで、クリスは男たちについていった。ところが、車に乗りこんでみると、運転手の横にソーヤー氏がすわっているではないか!

運転手がソーヤー氏にきいた。

「どちらへ?」

「ベルヴュー精神病院だ」

えええっ! クリスは立ちあがろうとしたが、車はすでに動きだしており、両側の男たちが無言で彼をすわらせた。

クリスは、茫然《ぼうぜん》と前を見た。外は雨。渋滞のひどい道を、車はのろのろと進んでいった。

やがて、クリスはきいてみた。

* * *

「ウォーカーさんは、このことを？」

「承知しているとも。彼女が入院の手配をしたんだから」

そのひとことは、クリスを打ちのめした。

ドリスのしわざだったのか！　それなら、自分がしてきたことは、すべて水泡に帰したのだ。そう、いっさいの希望が消えた。この先、なにがどうなろうが、もはや、どうでもいい……。

ベルヴュー精神病院に着くまで、クリスはひとことも口をきかなかった。病院の門をくぐってからも、心を閉ざしたままだった。

12

そのあとドリスは、もういてもたってもいられなかった。仕事どころか、デスクについても三分とすわっていられない。すぐに立って、オフィスの戸口からおもちゃ売り場を見てしまう。だが、何度見ても、サンタクロースの椅子《いす》はからっぽだった。不安はつのるばかり。シェルハマー氏にきいてみたが、彼も、ソーヤー氏が車で診察を受けに連れていった、ということしか知らなかった。

真相がわかったのは、閉店まぎわになってからである。

フレッドがあわただしく電話をかけてよこした。

「たった今、ベルヴューの入院病棟から電話をもらったんだ。クリスの洗面用具を持ってきてほしいって。かけてきたのは医者のようだったけど、『クリンググルさんは当分外に出られないから、服は不要です』なんて言ってたぞ！」

「ベルヴュー!?　ソーヤーは、クリングルさんをあんなところに入れたのね！」

「なにがあったんだ？　いったい、どういうこと？」

ドリスは、口早に説明した。暴力の発作がどうのこうのと脅されて、しかたなく診察に同意したことを。

「でも、ベルヴューに連れていくなんて、聞いてないわ！」

「なんだってあんな男に連れださせたのさ？　ベルヴューだろうが、どこだろうが」

ドリスは弁明につとめた。

「だって、昨日の今日でしょ。警察を呼ばれでもしたら困ると思ったのよ」

「わかった。とにかく、病院に行ってみる。また連絡するよ」

フレッドは電話を切った。

❦ ❦ ❦

そのころ、ベルヴュー精神病院では、クリスが、医師から医師へ、診察室から診察室へとたらいまわしにされていた。問診は型通りのものだった。しかし、身を入れて聞いていていなかったクリスは、「いいえ」と言うべきところを「はい」と答えたり、「ドリスがなぜこんなことを？」という疑問が頭の中をかけめぐっていたため、無意識にそうつぶやいてしまったりした。目の鋭い、若い精神科医はそれを見逃さず、カルテにしっかり書きこんだ。

サンタクロースの衣裳《いしょう》は持っていかれてしまい、かわりに灰色のお仕着せを与えられたが、それはクリスにはぶかぶかだった。病室はほそながい殺風景な部屋で、やはりほそながい窓に鉄格子がはまっており、灰色のお仕着せ姿の患者がほかにも数人いた。クリスはだれにも興味を示さず、白衣の職員に椅子《いす》にかけさせてもらうと、壁に目をやったきり、動かなくなった。

フレッドが入っていったときも、クリスは、やはりぼうっと壁を見ていた。フレッドの目に映ったのは、いつもとは打って変わった、目に輝きのない、疲れたようすの老人だった。

「クリス！　ひどい目にあいましたね！　ひどい話だ！　どこもなんともないのに！　なんともないどころか、人よりよっぽどしっかりしてるのに！」

クリスは、小さくかぶりを振った。

フレッドは続けた。

「すぐに出られるようにしますから！」

だが、クリスは、外に出たいという気持ちさえ、もうなくしていた。なにしろドリスにだまされたのだ。それも、ようやく自分を信じてくれるようになった、と思いはじめた矢先に。「あの人は、わたしをうまいことあしらっていただけなんだ」とクリスは力なくつぶやいた。「世間の人がみんなそうなら、このままずっとここにいるよ」

「なにを言ってるんです！　ドリスはなにも知らなかったんですよ。これはソーヤーのたくらみだ。警察を呼ぶのなんのと脅して、無理やりドリスの同意を取りつけたんです。しかも、ドリスは、診察するのは個人病院だとばかり思っていたんですからね！」

「そうか。それで、すこし安心したよ。だが、どうしてドリスは、自分でそれを言いに来てくれないんだろう？」

「あなたを傷つけたくないからでしょう」

クリスは、ゆっくり、うなずいた。

「なるほど。悪気のないとしよりを気の毒に思ってくれているわけだね」

「そうじゃないです！」

「いや、そうだ。ドリスはわたしが正気かどうか、疑っていたんだ。もしも、強制入院させられたのがきみだったら、今ごろはかんかんだと思うがね」

「疑っていたらどうだというんです？　そもそも、長年なにも信じちゃいなかった人ですよ？　その点を考えてあげてください」

「ドリスばかりじゃない。自分さえよけりゃいいというソーヤーのような人間がまともで、わたしのような人間は頭がおかしい――世間はそう見る。ソーヤーが正常なら、わたしは異常でけっこう。ここにいるよ」

「だけど、クリス、自分のことだけ考えてて、いいんですか？　これっぽっちのことでへこたれたら、大勢の人をがっかりさせることになるんですよ。ぼくみたいにあなたを信じている者や、スーザンみたいに信じはじめた子をね。クリス、ここで投げだしちゃ、だめでしょう！　わからないんですか？」

クリスは、じっと考えている。そのうちに、目に輝きが戻ってきた。

「そうかもしれん。うん、そうだ。きみの言うとおりだ！」

「そうですとも！」フレッドは胸をなでおろした。「わかってくれると思ってましたよ！」

「わたしは自分が恥ずかしい！　いや、まったくお恥ずかしいよ！」

そういう声にも、いつもの力が戻っていた。

「負けいくさかもしれんが、フレッド、一丁やってみるか！」

「そうこなくちゃ！」

フレッドは元気よく立ちあがった。

「心配しないで、待っててください。すぐ迎えに来ますから」

しかし、ことは簡単には運ばなかった。フレッドはあちらで掛けあい、こちらで交渉したが、どこでもさっぱりらちがあかず、最後に精神科主任のロジャーズ博士に面会を求めた。博士は、物静かな人で、クリスのカルテを持ってこさせて、丹念に読んだ。

フレッドは、クリスとしばらくまえから同居していること、クリスは正気であること、今回の入院は、クリスに恨みをもつソーヤーという男の差し金だったことなどを、こまごまと説明した。

⁂

ロジャーズ博士はじっと耳を傾けていたが、聞きおわるとこう言った。

「クリングルさんの精神状態は、やはり安定しているとは言いかねます。暴力を振るう危険があるとまでは言いませんが、その可能性を否定することもできません。カルテを見るかぎり、結論ははっきりしています。退院はさせられませんね。むしろ、ただちに強制収容願いを出したほうがよかろうと思いますよ」

そう言われて、フレッドはようやく理解した。クリスは、医師たちの質問に対し、きちんと答える努力をしなかったのだ。これではロジャーズ博士に真相をわかってもらうのはとうてい無理。さすがのフレッドも、それを悟らないわけにはいかなかった。

ソーヤーは、クリスをまんまとここに連れこんだ。だが、外への出口を閉ざしたのは、クリス自身なのだ。そうとは知らず、すぐ迎えに来ますから、などと能天気な安請け合いをしてしまった。いや、大変なことになったぞ!

フレッドはロジャーズ博士に礼を述べ、部屋を出た。考える時間がほしい。クリスをここから連れだすなんて、そんなことが、はたしてこのぼくにできるだろうか?

13

ヘンリー・X・ハーパー判事は、判事室で郵便物に目を通しながら、心の中では、夫人へのクリスマスプレゼントをなににしよう、と思案していた。今年は、まずまずよい年だった。来春の選挙でも、再選は間違いない。少々張りこんで、そうだ、毛皮のコートでも……。

そこへ書記のフィンリーが、マーラー検事がおみえです、と告げに来た。

「おう、そうか！　お通ししなさい！」

マーラー検事が、ファイルを持って入ってきて、ハーパー判事とにこやかに挨拶《あいさつ》をかわした。ふたりは旧知の間柄である。

「署名をお願いしに来ましたよ。ごくありふれた収容申し立て書です」

マーラー検事がデスクにぶ厚い書類を置き、それをハーパー判事がめくりはじめた。

「必要なものはそろっておりますよ。来るまえに目を通しておきました。精神鑑定書つきです――ベルヴュー精神病院のね」

「ベルヴュー？」判事は書類から目を離さず、「年齢不明――高齢かね？」

「そうなんですよ」

ハーパー判事はためいきをついた。

「全部読まなくてはなるまいな」

「いや、その必要は――たんなる形式ですから。本人はクリス・クリングルと名乗り、自分はサンタクロースだと思いこんでおるそうで」

「ほほう！」

ハーパー判事は思わず頬《ほお》をゆるめ、ペンに手を伸ばした。そこへ、またフィンリーが入ってきた。

「ゲイリーという人物が面会を求めておりますが」

「用向きは?」

「弁護士で、クリングルの件だそうです」

ハーパー判事はためいきをついて、ペンを置いた。

「通しなさい」

フレッドは、ていねいな言葉で、だが語気強く来意を述べた。自分はクリングル氏の依頼を受けた弁護士であり、クリングル氏は強制的に入院させられたものであるため、証人の証言聴取を行なっていただきたく、適切なる審理をお願いしに参上したしだいでありま す、と。

ハーパー判事はマーラー検事の顔を見た。

「たんなる形式と言わなかったかね?」

「言いました。異議が出たのは、今が初めてですよ」

ハーパー判事は書類に目をやった。フレッドが言った。

「それに署名をされるのであれば、どうぞ。しかし、当方も、明朝、人身保護を要求しますが」

❦ ❦ ❦

「その必要はない。審理をしよう。月曜の午前十時だ」

このとき外の控え室では、ソーヤー氏がマーラー検事の出てくるのを今か今かと待っていた。彼の耳の奥で、ついさっき聞いたばかりのメイシー社長の怒鳴り声ががんがんひびいていた。

クリスがいないのに気づいたメイシー社長が、ドリスから事情を聞き、次にソーヤー氏を呼びつけて「今すぐ、退院させろ！」と雷を落としたのだ。「さもないと、おまえはクビだ！」

クビ！　それも、クリスマスのボーナス直前に！

爪を噛《か》みたくなるのをこらえて待っていると、判事室からフレッドが出てきて、フィンリーに軽く会釈をし、去っていった。不安に駆られたソーヤー氏は、フィンリーにきいてみた。

「い、今の人は、どなたで？」

「クリングルさんの弁護士だそうですよ」

弁護士がついたのか！　困ったことになった！　マーラー検事がようやく判事室から出

てくると、ソーヤー氏はすぐさま話しかけた。

「クリングルの件ですが、なかったことにしていただきたいんですが――」

マーラー検事は首を横に振った。

「公立病院に強制的に収容された以上、正規の手続きを踏まないと、出られませんよ」

ソーヤー氏は茫然《ぼうぜん》とした。

「なんとかなりませんか？」

「無理、無理。月曜日に審理、公開です」

公開審理！　事態はよけい悪くなった！

「え、ええと、クリングルさんに弁護人がついたのですか？」

「ああ。しかし、どうってことはない。ゲイリーは青二才の弁護士でね。騒ぎを利用して、自分を売りこむつもりでしょう」

騒ぎ！　その一語は電流のようにソーヤー氏の体をつらぬいた。新聞が書きたてるに違いない！　それこそ最悪の事態だ。すぐにつかまえて、交渉しなくては！

「失礼！」

ソーヤー氏は駆けだし、エレベーターに乗ろうとしているフレッドに追いついた。そして、エレベーターの中で、メイシー氏の代理人であると名乗ったうえで、持ちかけた。

「なるべく世間の目を引きたくない、というのがメイシー社長の意向でして。もしもご協力いただけるようであれば、お礼のほうは存分に、と申しておりますが」

心中、フレッドは笑った。メイシー社長の意向とは、聞いてあきれる！　自分のつけた火で火傷《やけど》しそうになったものだから、じたばたしはじめたんだな！

「世間の目とは、よいことを教えていただきました。当方の依頼人の勝利のためには、大勢の方の応援がぜひとも必要ですからね。それには、みなさんにこのことを知っていただくのがいちばんです。いや、どうも！」

エレベーターを出ると、フレッドはさっさと歩きだし、茫然と見送るソーヤー氏の目の前で記者室に消えた。記者室！　哀れなソーヤー氏はいよいよがっくりきた。

翌朝、ニューヨークのほとんどの新聞がクリスの窮状を大見出しで報道した。それはまさしく一面のトップを飾るにふさわしい大ニュースだった。アメリカの善意のシンボルとなったあの心優しい老人が精神病院に幽閉され、その可否をめぐり月曜に審理が行なわれる、というのである。夕刊では、さらに大きくあつかわれた。どの新聞もクリスに同情的で、あるラジオのコメンテーターが、それを代表するかのような解説をした。

「おかしな時代になったものです。このニューヨークに、ひいてはアメリカ全土に善意の輪を広げたあの愛すべきサンタクロース、ほかでもないクリス・クリングルさんの身の上にこのようなことが起こるとは！　みなさん、月曜日の午前十時に、クリングルさんはヘンリー・X・ハーパー判事の前に引きだされようとしています。原告の言い分は、信じがたいことながら、クリングル氏は精神異常である、というものであります。もしも真のクリスマス精神を回復しようとのこころみが精神異常の烙印《らくいん》を押されるのであれば、実に嘆かわしい時代になったと言わねばなりますまい！」

この放送を自宅で聞いていたハーパー判事は、にんまりした。なんといっても、自分の名前が全国に放送されたのだ！　しかし、そばにいたチャーリー・ハローランは顔をしかめた。ハローランは、ヘンリー・X・ハーパーを判事の座にすえた某政党の金庫番である。公職にこそついていないが、州と市の重要なポストに多数の人材を送りこんでいる頭の切れる政治屋だ。だが、この男、ハーパー判事にとっては幼なじみの友であり、同時によき助言者でもあった。

「ヘンリー、どうも元気がないな」

ハローランは、思惑ありげにハーパー判事を見やった。

「二、三週間、休暇をとっちゃどうだ？」

「なんだって？　元気も元気、どこも悪くないぞ！」

「いいから、釣りにでも行ってこい。ハンティングでもいい。とにかく、どこかへ行け」

「なぜだ、チャーリー？」

「それはだね、この件がはなはだもって危険だからさ」

ハローランはラジオを消して、さらに言った。

「とにかく、降りる手段を講じるべきだな」

「そんな！　すべて手配ずみなのに！」

「なら、急病になるといい。だれでもいいから、来春の選挙に関係のない判事にかわってもらえ」

しかし、正直者のハーパー判事は、仮病なんぞ使えない、と言いはった。また、ハローランがそれほどやいやい言う理由が解せない、とも言った。名前を売るいいチャンスじゃないか！

「いいチャンス？　ひどい目に会うのが、わかっとらんようだな！　このままいけば、ピラト（キリストを処刑したローマ総督）にされちまうぞ！　アメリカじゅうの子どもに嫌われてもいいのかね？　親たちから、白い目で見られてもかまわんのかね？」

「なにをばかな！」

ハーパー判事はからから笑った。

ちょうどそのとき、ハーパー夫人が孫たちを連れて入ってきた。

「さあさ、みんな、おじいちゃまにおやすみのご挨拶をなさい」

夫人は、孫たちの母親に「八時には寝かせるからね」と約束した。しかし、八時はとっくにまわっている。

どやどやと入ってきた子どもたちは、祖母のハーパー夫人に抱きついて、おやすみなさいのキスをすると、祖父であるハーパー判事には目もくれず、そばを素通りして寝室に行ってしまった。

ハーパー判事は唖然《あぜん》として孫たちを見送った。

「なんてことだ！」

「あたりまえですわ。サンタさんを裁判にかけるようなおじいちゃまですものね！」

こう言うと、夫人も孫たちのあとを追って出ていった。

「少しはわかったかね？」

ハローランに言われ、ようやく事態を理解したハーパー判事。その胸に、不吉な予感がしのびこんだ。

14

大法廷の傍聴席は、報道記者、カメラマン、コラムニスト、泣ける話に弱い婦人連、興味しんしんの一般人でぎっしりうまった。

検事席では、マーラー検事が肩をすぼめて椅子《いす》にかけ、この件をあてがわれたわが身の不運をひそかに恨んでいた。こういう事例は、すぐには片がつかないものだ。弁護人は売名のチャンスとばかり、長引かせる工夫をするに決まっている。クリングルはサンタクロースを自称したおぼえはないと主張するだろうし、次から次へと証人が呼ばれ、ひとりずつ宣誓をして……クリスマスの贈り物をあと四日で用意しなくてはならないというのに、運が悪いもいいとこだ！

廷吏《ていり》の「静粛に！」の声とともに、ハーパー判事が入廷。マーラー検事が冒頭陳述をするため、立ちあがった。

精神鑑定書が証拠物件として承認され、マーラー検事は最初の証人を呼んだ。

「クリングルさん、証人席へどうぞ」

フレッドとならんですわっていたクリスが、机を離れ、しゃんしゃん歩いて証人席に入った。そのようすを観察していたハーパー判事は、鑑定書の記述とは、ちと違うようだぞ、と首をひねった。証人席から、クリスは晴れやかな声で挨拶《あいさつ》をした。

「判事さん、おはようございます」

ハーパー判事も、これには思わず笑顔でうなずきかえした。

マーラー検事の質問が始まった。

「お名前をどうぞ」

「クリス・クリングルです」

「お住まいは？」

「それを、この審理で決めていただくわけでして」

廷内にくすくす笑いが広がり、マーラー検事は眉《まゆ》をぐっと寄せたが、ハーパー判事はわが意を得たりとうなずいた。

「しっかりしておられますな、クリングルさん」

マーラー検事が質問を続けた。

「あなたは、自分がサンタクロースであると信じていますか？」

「もちろん！」

廷内が水を打ったように静かになった。今度はハーパー判事が眉を寄せ、質問したマーラー検事でさえ、この返事には度肝を抜かれた。正気でないのを、自分から認めるとは！このうえ、なにをきく必要がある？

マーラー検事はハーパー判事に目をやり、意気揚々と「以上であります」と告げると、着席した。

廷内にざわめきが広がった。ハーパー判事は浮かない顔で、傍聴席にいる良き友、チャーリー・ハローランをちらっと見た。まずいことになったぞ！　どうやら「精神錯乱」の裁定をする羽目になりそうだ！

ハローランは、口をへの字にむすび、首を横に振って目顔で伝えた――だから、言っただろう？

フレッドは立ちあがっていたが、まずいことになったと感じているふうには見えなかった。依頼人同様、頭を少々やられているのかもしれない、とハーパー判事は思った。

「反対尋問はしないのですか？　証人はサンタクロース役に雇われたと聞いているが、ひょっとすると、今の質問の意味を誤解したのでは……？」

ハーパー判事としては藁《わら》にもすがる思いできいたのだが、クリスが即座に否定した。

「ちゃんと理解しましたよ」

証人席を出るクリスを目で追いながら、ハーパー判事はがっかりした声できいた。

「ゲイリー君、証人はああ言っていますが、それでも弁護を続行するつもりですか？」

「そのつもりです。わたしの依頼人が自分をサンタクロースであると思っていることは承知しております。まさにそのために、本審理は行なわれているわけであります。原告の言い分は、クリングル氏が自分はサンタクロースであると信じているゆえに正気ではない、というものです」

❦ ❦ ❦

「ごく常識的かつ論理的な言い分だと思いますがね」

「もしもあなたが、あるいはわたしかマーラー検事が、『自分はサンタクロースである』と信じるならば、たしかに正気ではないでしょう」

マーラー検事が横から口を出した。

「自分がサンタクロースだなどと思う者は、だれであれ、頭がおかしいんですよ！」

「そうとはかぎりません」

フレッドはおだやかに切り返した。

「ハーパー判事、あなたはご自分はハーパー判事だと信じておられます。そのことによってあなたの正気を疑う者はおりません。それは、たしかにあなたがハーパー判事だからであります」

ハーパー判事は、暗に皮肉られているような気がした。

「わたしのことはどうでもよろしい。審理の対象はクリングル氏だ。きみは、これでもまだ、依頼人が正気であることを立証できると考えますか？」

「はい。もしもクリングル氏が自分の自覚しているとおりの人物であるならば、ご自分をハーパー判事であると自覚しておられるあなたが正気であるように、やはり正気であるわけです」

「なるほど。しかし、彼はその人物ではないでしょう」

「いいえ、まさにその人物に間違いありません」

「なんですと？」

ハーパー判事は大声を出した。

「わたしは、クリングル氏がサンタクロースであることを証明するつもりです」

廷内が騒然となった。裁判史上、こんな弁護人は初めてだ！　この物腰のおだやかな青年は、クリス・クリングル氏がサンタクロースその人であると、どうやって立証するつもりだろう？　まったく途方もない話だが、しかし、特ダネとしてはバッチリ！　カメラのフラッシュがいっせいに光り、記者たちが本社に電話をかけるため出口へ殺到した。法廷は混乱状態となり、ハーパー判事は小槌《こづち》をけんめいに振るったあげく、休廷を宣言したが、その声は速記者の耳にようやく届いただけだった。

各紙の夕刊に、法廷のようすが大きく載った。帰宅の途中、夕刊を買って読んだドリスは不安になった。フレッドが物笑いの種になっているわ！　負けるに決まってるのに！　勤務先の法律事務所にもいられなくなるのでは？　そもそも、こんなことに首を突っこまなければよかったのよ！

その夜、アパートに来たフレッドに、ドリスは胸の思いをぶつけた。ところが、フレッドはめげるふうもなく、それどころか、自信満々である。

「マスコミが騒いでくれて、ありがたいよ。こっちに有利に働くからね。世間はクリスに同情している。もちろん、簡単にはいかないと思うけど、チャンスはあるよ」

「でも、あなたの事務所じゃ、なんと言っているの？　クビにならない？」

ドリスの心配はあたっていた。すでにその午後、フレッドは事務所の古参株、ヘイズリップ氏に呼びつけられ、伝統を誇るわが事務所の若手弁護士に恥さらしなまねをされるのはまことに困る、今すぐ弁護人の役を降りないなら、やめてもらうしかない、と言われたのである。

「なら、降りるんでしょ？」

「いや、降りない。ドリス、わかるだろう？　クリスはぼくを必要としてるんだ。知らん顔はできないよ！」

「でも、仕事は？　事務所をやめるわけにいかないでしょう」

「実は、もうやめたんだ。手を引くつもりはありませんって、はっきりヘイズリップさんに言ってきた。一件落着さ！」

ドリスは頭がくらくらした。そんなドンキホーテのようなことを、いったいどうして？　現実を無視して生きることは、だれにもできない。ドリスはそれをしっかり学んでいた。収入のよい仕事を、ちょっとした同情心から捨てる人は、どこにもいないのだ。

実は、ドリスはフレッドに結婚を申しこまれ、喜んで承知したばかりだった。それというのも、彼を愛し、尊敬するようになっていたからである。

「でも、こんなことになるんだったら……。あなたってしっかりした人だと思っていたわ。甘っちょろいロマンチストなんかじゃないって……」

「たぶん、ぼくはロマンチストなんだ。けど、優秀な弁護士でもある。どっちのいいところも、持ちあわせてるつもりさ。うまくやってみせるよ」

ドリスには、そうは思えなかった。彼が別の事務所にすんなり移れるとも思えなかった。

「つまり、ぼくを信じられないってことだね？」

「信じてるわよ！　だけど——」

「いや、信じてない。心からはね。きみは現実派だ。証拠がないかぎり、なにも信じないんだ」

「あなたを信じるかどうかの問題じゃないわ。クリングルさんの弁護で、勝てるわけがないって言ってるの。常識よ！」

フレッドはすっと立ちあがった。

「信じる気持ちは常識を超えるはずだ。きみって、常識をすてられない人なんだ！」

「わたしだけでも常識を忘れてなくて、よかったわ！　常識は役に立つんですから！」

「ねえ、ドリス。なにを恐れてる？　なぜクリスのような人を信じる気になれない？　この世には、目に見えない善いものがいっぱいある。愛とか、喜びとか、幸せとか——そういうものを、もっと信じようじゃないか！」

ドリスは、ほんのわずかに体をかたくした。今や彼女は、現実一辺倒のキャリアウーマンに戻っていた。

「目に見えないもので家賃は払えないわ！」

「家賃を払いさえすれば生きていけるってもんでもない。すくなくとも、ぼくは生きていけないね。クリスとぼくとで、きみを変えることに成功したと思った。ぼくとおなじ道を歩いてくれると思った。けど、思い違いだったんだ」

ドリスは、無言で顔をそむけた。フレッドは悲しく肩をすくめた。

「どうやら、話しあっても無駄みたいだ。言葉が通じない感じだよ。どうしようもないね」

ドリスは、フレッドを見ようとしない。

「そうね」

「じゃあ、おたがい、もう言うことはなにもないわけだ」

「ええ」

フレッドは、帽子とコートを取りあげた。ここでようやく、ドリスが振りむいた。口もとに、どうにかほほえみを浮かべて。だが、その微笑は寂しげだった。

「不思議ね。常識人のわたしが、こんどはきっとうまくいくなんて思ったんだから」

「ぼくもさ」

フレッドは、戸口でちょっとためらった。だが「おやすみ」のひとことを残して、出ていった。

15

翌日、審理の場はもうひとまわり大きな法廷に移されたが、それでも、開廷時間のはるかまえに傍聴席は超満員となった。

大かたの傍聴者はクリスの味方。残りは、こんな途方もない仕事を引き受けた青年弁護士を見にきた野次馬だ。いずれにしろ、この公開審理は大衆の一大関心事となってしまったようである。会場をたとえポロ競技場に変えたとしても、満員になったに違いない。

被告側の最初の証人、R・H・メイシー氏が、難しい顔つきで宣誓をした。

「あなたは、ニューヨーク市にある大手百貨店のひとつを経営していますか？」

「ニューヨーク市最大の百貨店です」

「クリングル氏は、あなたの百貨店の従業員ですか?」

「はい」

「あなたは、クリングル氏の精神は健全であると思いますか?」

「思います」

「あなたは、クリングル氏はでたらめを言わない人だと思いますか?」

「思います」

マーラー検事が気色ばんで立ちあがった。

「メイシーさん、宣誓をされたのですよ! クリングル氏がサンタクロースだなどと、本気で思っているのですか?」

メイシー氏は、ごくりとつばを飲みこんだ。信じないと言えば、メイシー百貨店のサンタは偽者ということになる。答えはひとつ! メイシー氏は、きっぱりと言いきった。

「そのとおり!」

フレッドが言った。

「以上です」

メイシー氏は、大股《おおまた》でもとの席に戻りかけたが、三列目にいたソーヤー氏を見つけると、歩調をゆるめて睨《にら》みつけ、「クビだ！」と言いわたし、これでせいせいした、という顔をして、またすたすた通路を歩いていった。

次に、ピアス医師が証人席につき、自分はメイプルウッド老人ホームの医師であり、クリングル氏を以前から知っている、と述べた。

「あなたは、クリングル氏はサンタクロースだと信じますか？」

「信じます」

ピアス医師の声はおだやかだった。

マーラー検事が立ちあがった。

「あなたは科学者でしょう。きちんとした根拠はおありなんですか？」

マーラー検事は、藪《やぶ》をつついたようなものである。

「そのとおりです」

マーラー検事が腰を下ろし、フレッドがふたたびきいた。

「しばらくまえに、あなたはクリスマスにほしいものを、クリングル氏に打ち明けましたか？」

「はい」

「それは、なんでしたか？」

「メイプルウッド老人ホームで使うレントゲンの器械です」

「おなじことを、ほかの人にも言いましたか？」

「いいえ。夢のような話でしたからね。あの器械は高いんですよ」

「昨日、メイプルウッド老人ホームになにが届きましたか？」

「レントゲンの器械です」

「どこから送られてきましたか？」

「カードには『メリー・クリスマス、クリス・クリングル』と書いてありました」

「送り主の心あたりが、ほかにありますか？」

「ありません」

「この一件によるあなたの結論は、どのようなものですか？」

「そうですね……あの願いを口に出したとき、わたしは自分に言いきかせました。『もしもレントゲンの器械が手に入ったら、彼がサンタクロースだと信じよう』とね。器械は届いた。ですから、信じますよ——クリングル氏はサンタクロースです」

次にフレッドは、動物園の飼育係、ジムを証人席に呼んだ。ジムは、トナカイたちがクリスに大変なれている、と証言した。

「ぼくは十年もまえから世話をしてますけど、トナカイどもはさっぱりなつきません。でも、クリスさんだと安心するらしくて、手からニンジンを食べるんです」

マーラー検事の堪忍袋の緒が切れた。

「異議あり！　どれもこれも信憑性《しんぴょうせい》が感じられません。的外れ、かつ実体のない証言ばかりであります。ゲイリー君は本法廷でショーをやっている気だ！　サンタクロースなど存在しない！　それくらい、だれだって知ってることですよ！」

廷内に、不賛成をあらわすどよめきが起こった。フレッドが言った。

「それは、たんにあなたのご意見でしょう。ちなみに、サンタクロースはいないと、あなたは立証できますか？」

マーラー検事は真っ赤になった。

「できない！　する気もない！　ここは幼稚園じゃないんだ！　いやしくも法廷でしょう！　幼稚な議論で時間をつぶすのはもうけっこうです！　サンタクロースはいるのか、いないのか！　判事、ただちにご裁定を！」

ハーパー判事は、見るも哀れな顔をした。これでは、マーラー検事に軍配をあげざるをえまい……。決めるとしたらふたつにひとつ。あてもなく傍聴席に目をやると、チャーリー・ハローランが、けんめいに首を横にふり、身ぶりで判事室を示していた。

ハーパー判事は、暫時《ざんじ》休廷を宣言した。

判事室で、ハーパー判事とふたりきりになるや、ハローランは切りだした。

「おまえさんがどう決めようが、おれはどうでもいい。しかし、法廷に戻って『サンタクロースは存在しない』などと言ってみろ。おまえ、たしか退職したら養鶏場をやるとか言っとったな。今すぐそっちに鞍替《くらが》えするつもりなら、かまわんがね。予備選にも出してやれんから、覚悟しとれよ」

「しかし、チャーリー、判事としての責任上、〈サンタクロースはいる〉とも言えんだろう？　就任時には宣誓もした。『サンタクロースは存在します』などと言えば、追放されてしまう。それこそ、わたしのほうが、正気かどうかで裁判にかけられるよ！」

＊＊＊

「なあ、ヘンリー」

ハローランは癇癪玉《かんしゃくだま》を鎮めて説明した。

「毎年、何百万ドル分のおもちゃが製造されるか、知っとるか？　サンタクロースがいればこそ、売れるおもちゃだ。全国おもちゃ製造業者組合ってのを、聞いたことがあるかね？　この組合が、サンタクロースは存在しないといわれて喜ぶと思うかね？　製造会社に雇われて実際におもちゃを作る連中は――労組だ！　アメリカ労働総同盟産別会議というのもある。どちらさんも、ハーパー判事を目のかたきにするぞ！　目のかたきに投票する人間がどこにいる？

いいか、百貨店、製菓会社、クリスマスカード製造会社、救世軍……どこもみんな、サンタクロースが頼りなんだ。ヘンリー、前代未聞の鼻つまみにされてもいいのかね？　われわれが例年諸方に贈るクリスマス・バスケットのことも、考えてみるんだな！　サンタクロースは存在しないとはっきり言ってしまったら、票は風とともに消えうせる。残るはたったの二票。おまえさんとマーラーの二票だけだ」

＊＊＊

ハーパー判事は万策尽きたという面持ちで、人さし指を立てた。

「一票だよ。マーラーは共和党なんだ」

ハーパー判事は法廷に戻り、威儀をただして審理再開を告げた。

「サンタクロースがいる、いないは、見解の問題と言ってよろしいでしょう。いると信じる人もいれば、いないと思う人もいます。アメリカの法は、こうした問題に関し、広く、かつ偏見のない意見を考慮するのが伝統でありまして、本法廷も開かれた精神をつらぬきたい。原告側、被告側の証人の証言を平等にうかがいましょう」

傍聴席から、支持を表明する静かなどよめきが起こった。マーラー検事は、ばかにしたような目でフレッドを見た。

「被告側は証人を出せるのですか？」

「出せます。トーマス・マーラー君、証人席まで来てくれますか？」

「なんだと？」

「いえいえ、坊《ジュニア》やのほうですよ」

マーラー検事の七歳になる息子が、母親のそばを離れ、通路を走ってきた。予想外の展開に、マーラー検事は頭にかっと血がのぼり、通路よりの席で立っている夫人を睨みつけた。夫人は一枚の書状を夫に見えるようにかかげ、身振りで「トミーに召喚状がきたのよ。どうしようもないわ」と伝えた。マーラー検事が呼吸をととのえるまもなく、トミー坊やの宣誓が始まった。

フレッドがきいた。

「きみは、サンタクロースを信じてますか?」

「うん。去年、ぴっかぴかの橇《そり》をくれたよ!」

「トミー、サンタクロースって、どんな人?」

「どんな人って、あそこにいるよ!」

トミーはためらうことなく、クリングル氏を指さした。

マーラー検事は弱々しい声で異議を申したてた。

ハーパー判事がきびしい声で「却下します」と言い、フレッドがさらにきいた。

「トミー、どうしてそんなにはっきり、サンタクロースがいるって言える?」

「パパがそう言ったもん」

❦ ❦ ❦

トミー坊やは父親を見た。廷内に笑いの渦が巻きおこった。ハーパー判事でさえ、小槌《こづち》で机を叩《たた》きながら笑っていた。

「パパが嘘を言うことって、ありますか？」

トミーはぷーっと口をとがらせた。

「ぼくのパパは、嘘なんか言わないよ！」

「ありがとう、トミー」

フレッドは静かに着席した。

廷内がふたたびどよめいた。マーラー検事は、途方にくれて立ちあがった。一方、トミーは証人席からおりて、母親のいるほうに戻りかけた。だが、とちゅうの被告人席を素通りできなかったのは、無理もない。ちょこちょこっとクリスに駆けより、耳もとに口をよせ、ひそひそ声で頼むのが、まわりの人にも聞こえた。

「忘れないでね！　本物のフットボールのヘルメットだよ！」

「忘れないとも、トミー！」

トミーはすっかり安心し、母親のそばに駆けもどった。

マーラー検事は息子を眺め、ハーパー判事を見た。そして、ゆっくりとこう言った。

「原告ニューヨーク州は、サンタクロースの存在を認めます」

「いいでしょう」

ハーパー判事はにこやかにうなずいた。傍聴席を見やると、ハローランも満面に笑みを浮かべ、片目をつぶってみせた。

フレッドの戦術は、予想以上の、というより、嘘のような戦果をあげた。しかし、問題はここからだ。フレッドはそれを知っていた。そして、憎らしいことに、マーラー検事もそれを知っていたのである。

「しかしながら、ゲイリー君が証人の個人的見解を証拠あつかいにするのは、このへんでやめさせていただきたいものです。その気になれば、当方も、反対意見の証人を何十人でも呼ぶことができますが、それでは本件はいつまでたっても終わりますまい。時間を節約するためにも、クリングル氏こそ唯一無二のサンタクロースであることを示す権威ある証拠を、ゲイリー君がこの場でただちに提出することを要求します」

「よくわかりました。ゲイリー君、そのような証拠を提出することができますか？」

フレッドは、準備の時間が必要であることを述べ、休廷を要求した。待ってましたとばかり、ハーパー判事は宣言した。

「よろしい。明日、午後三時まで、休廷とします」

フレッドは重い心を抱いて法廷を後にした。〈権威ある証拠〉など、どこにある？　クリスを勝たせたい一心でできるかぎりのことをしてきたが、もはやこれまでか……！

16

その日の夕方、ドリスが帰宅すると、待ちかねていたスーザンがこうきいた。

「今日、クリングルさん、来る？」

「無理だと思うわ」

「このごろ、ちっとも来ないじゃない？　今度は、いつ、来てくれるの？」

ドリスは、新聞でその日の法廷のようすを知っていた。記事はクリングル氏に同情的だったが、結末は目に見えていた。

「ねえ、スーザン、ひょっとすると、もう来られないかもしれないのよ」

「どうして？」

❦ ❦ ❦

「それはね、クリングルさんが、自分はサンタクロースだ、と言っているからなの」

「でも、クリングルさんはサンタよ、ママ」

「そう思わない人もいるの。だから、裁判みたいなことをしてるわけ」

「サンタクロースなのに！　あんなに優しくて、楽しい人、サンタクロースに決まってるわ！」

「同感よ」

「ママ、クリングルさんは悲しがってる？」

「たぶんね」

「じゃ、お手紙を書いて、はげましてあげよう！」

スーザンは、夕食もそっちのけで一生けんめい手紙を書いた。

夕食がすんでから、ドリスは封筒に宛名《あてな》を書くのを手伝ってやった。

ニューヨーク市、センター&パールストリート
ニューヨーク郡裁判所内、
クリス・クリングル様

スーザンは、「すぐに出しといてね、ママ」と言うと、友だちのアパートに遊びに行ってしまった。ドリスは、スーザンの書いた手紙を、ほほえみながら読みかえした。

クリングルさん
クリングルさんがいないとさびしいです
はやくあいたいです
ばんじうまくいくとおもいます
クリングルさんはサンタクロースよ
あんまりかなしがらないでね
スーザン・ウォーカーより

ドリスは、ちょっと考えていたが、〈わたしもあなたを信じています。ドリス〉と追伸を書きそえた。そして、便箋《びんせん》を封筒に入れ、封をし、速達用の切手を貼《は》ると、廊下の郵便投げ入れ口にすべりこませた。

その夜おそく、中央郵便局では、サンバイザーをかぶり、火のついていない葉巻をくわえたアル・ゴールデンが、しかめっ面で郵便物の仕分けをしていた。

クリスマスはいいものだ（アルにも幼い子たちがいた）。ただし、郵便物がなかったらの話。クリスマスが近づくと、小包も手紙もどかっとふえる。頭痛の種は、サンタクロース宛《あ》ての手紙だ。それこそ、何千通も集まってくるのである。袋に詰めてよけておくのだが、袋の数はどんどんふえ、足の踏み場もなくなってしまう。それでも、一ヵ月は留め置くべし、と昔から決められているため、どうしようもない。

突然、アルは仕分けの手を休め、ならんで作業をしているルウ・スポレッティに、一通の手紙を見せた。

「変わったのがあるぞ！　北極あて、南極あて、郵便局長気付――これまでいろいろ見てきたが、この子のは『ニューヨーク郡裁判所内、クリス・クリングル様』だ。それも速達で。おったまげるじゃねえか、え？」

ルウが答えた。

「裁判所でいいんだよ。そこにいるんだから。新聞を読んでないのかい?」

新聞なら、アルも読んでいる。ロペスがガルシアに第七ラウンドでKO勝ちしたのだって知ってるくらいだ。

ルウは教えてやった。

「裁判所でさ、もっかこのクリングルとかいうじいさんのことでモメてんだ。じいさんが、自分はサンタクロースだと言い、検事さんが、じいさんは頭がおかしいと言い、えらい騒ぎだってよ」

アルは、ひどく考えこんだようすで、スーザンの手紙をダウンタウン行きの速達用郵便袋に投げ入れた。

「つまり、ひょっとするとサンタクロースかもしれねえじいさんが、そこにいるってことか?」

「そういうこと。ひょっとするとどころか、大勢の人が、じいさんはサンタクロースだって言ってるぜ」

「おい！　ルウ！　なに寝ぼけてんだ？　願ったり、かなったり、渡りに舟！　そのクリングルじいさんに助けてもらえってこった！」

「そうかあ！　なんで、今まで頭がまわらなかったのかな！」

「でかいトラックを呼ぶんだ！　二台！　今、すぐ！　サンタクロース宛ての郵便は、ぜーんぶ、裁判所内、クリス・クリングル様行きだ！」

17

翌日の午後。判事室にチャーリー・ハローランがやってきて、またぞろハーパー判事をしめあげた。クリングルの件があまりにも世間の注目を集めすぎている、というのである。

「どの新聞も、でかでか書いとる！」

「新聞なら、見てるよ。しかし、どうしようもない。判事としての義務と責任ってものがあるからね」

「かまわん、クリングルを解放してやれ。手段はどうでもいい。今日はクリスマスイブだぞ。クリスマスイブにサンタクロースを精神病院送りにしてみろ！　デモ隊にとっつかまるかもしれん。暴動に発展したらどうする！　リンチにあってもいいってのか？」

ハーパー判事は、今や進退きわまった。もしもフレッド・ゲイリーが、いかに微々たるものであれ、〈権威ある証拠〉を持ちだしてくるなら、諸手《もろて》をあげて応援するのだが……。

判事は、このところクリングル老人をしっかり観察してきた。その結果、異常なところなど、なにひとつ見出せなかった。しかしながら、専門家の意見も無視できない。奇跡でも起こらないかぎり、病院に入れておくしかあるまい。

ハーパー判事は法衣に威儀をただし、法廷へと入っていった。

審理が進むにつれ、フレッドはあせった。法廷の雰囲気もいやに殺気をおびてきた。大詰めの近いことがだれの頭にもあるのだろう。なんといおうが、今日は十二月二十四日。あと数時間で日が暮れる。夜ともなれば、年に一度のサンタクロースの出番である。寝しずまった家々の屋根の上を、トナカイの曳《ひ》く橇《そり》で駆けめぐるのがならいというのに、今年はそれがナシとなったら……！

開廷前に、フレッドはクリスに打ち明けていた。権威ある証人を確保するため、市長、知事をはじめ、有力者たちに電報を打ったが、うまくいかなかった、と。

一方、マーラー検事は強気である。州の複数の精神病院、施設から取りよせた資料を、順番に読みあげていった。それによれば、自分はナポレオンだと思っている者が四人、カルーソー（イタリアのテノール歌手）だと思っている者が二人、ターザンだと思っている者が一人いるという。したがって「クリングル氏のような症例はさほど珍しいものではありません」とマーラー検事は指摘した。

クリスとフレッドにとって、事態はいよいよ不利となった。ハーパー判事の眉《まゆ》がぐぐっと寄り、傍聴席にも苦虫を噛《か》みつぶしたような顔がふえていった。晴れやかなのはクリスばかり。実際、クリスはいつにもまして愉快そうに見えた。

そのわけは、開廷と同時に届けられたスーザンからの速達にあった。クリスはそれをくりかえし読み、心にこう思っていたのである。この審理がどう終わろうが、これまで自分のしてきたことは無駄ではなかったのだ、と。

マーラー検事は資料の読みあげを続行し、ひとつ、またひとつと証拠物件として提出した。フレッドはそれを上の空で聞きつつ、必死で対抗策を考えた。と、だれかに肩を叩《たた》かれ、驚いて目を上げると、そばに来ていた法廷係員が耳もとで何事かをささやいた。フレッドは、けげんな面持ちで、係員について廷外に出ていった。

やややあって、戻ってきた彼は、別人のごとく自信満々。びっくり顔のクリスにも、「だいじょうぶ！」とばかり、片目をつぶってみせた。

マーラー検事の読みあげがようやく終了。ハーパー判事がフレッドを見た。そして、答えはもうわかっているが、形式上きいておく、といった調子で声をかけた。

「ゲイリー君、提出すべき証拠物件はありますか？」

フレッドが立ちあがった。

「あります」

彼の手は、ワールド年鑑をしっかりとつかんでいた。

「これに載っているアメリカ合衆国の公的機関、郵政省に関する記述であります。わが国の郵政省は、第二回大陸会議の議決を受け、一七七六年七月二十六日に設立され、初代長官にベンジャミン・フランクリンが就任しました。現時点において、同省は世界屈指の事業団体でありまして、昨年度の総収入は十一億一千二百八十七万七千百七十四ドル四十八セント、下四半期だけでも、純益五千百十万二千五百七十九ドル六十四セントとなっております」

❦ ❦ ❦

マーラー検事は、むずむずしてきた。

「郵政省が繁盛しているのはけっこうだが、本件とはなんら関係ないじゃないですか」

「それが大ありなのです。判事、お許しをいただければこの先を……」

ハーパー判事は藁《わら》にもすがる心境で促した。

「もちろん、続けてください」

「ただいま申しあげました数字は、円滑なる運営がなされていることを証明するものであります。さらに、同省は、独立宣言の二十二日後より連邦政府の公的機関として機能してまいりました。なされる仕事はすべて公務でありまして、昇進は功績によるものです。さらにまた、合衆国郵政法によれば、故意の誤配はきびしく罰せられることになっております」

フレッドは、郵便を正確、かつ効率的に配達するため採用されている手段を二、三、紹介した。

マーラー検事がふたたび立ちあがった。

「判事、もういいです！　原告は、郵政省の優秀な仕事ぶりを認めるにやぶさかではありません。同省が権威ある公的機関であることを認めます！」

フレッドが、すかさず念を押した。

「それは公式のご発言ですか？」

マーラー検事がいらついた声で答えた。

「公式です！　とにかく、時間稼ぎはやめてもらいたい！」

フレッドは、年鑑にはさんであった三通の手紙を取りだした。

「判事、これらを証拠物件として提出します。証拠物件A、B、Cと記していただけますか？」

封筒のおもてには、子どもの字で《アメリカ合衆国、サンタクロース様》と書かれていた。

「この三通は、ここにいるクリングル氏に、今しがた、配達されたものであります。したがいまして、わが国のもっとも有力なる権威がクリングル氏を唯一無二のサンタクロースと認めた明確なる証拠であると考えます」

ハーパー判事は三通の手紙を受けとり、感慨深く見入った。マーラー検事には感慨などない。

「たった三通で〈明確な証拠〉はないでしょう。郵便局には、この種の手紙が毎年何千通も来るそうじゃないですか」

「もっとありますが、しかし――」

ハーパー判事は身を乗り出した。この若造、なかなかやるじゃないか！

「遠慮せずともよろしい。どんどん出しなさい。遠慮なく、ここに積みあげてください」

マーラー検事も、いやみたっぷりに口を出した。

「そうそう！　ぜひ、拝見したいものですな！」

「しかし、判事――」

「出しなさいと言ったのですぞ！」

「それでは！」

フレッドは後部のドアのほうを見て、合図をした。

郵便袋を積んだ手押し車が、法廷係員たちに押され、ぞくぞくと入ってきた。袋は判事席の手すりの内側に運びこまれ、袋の中身が判事の前の机にあけられた。手紙は、またたくまに山をなし、崩れ落ち、ハーパー判事は手紙の山にうもれるかっこうになった。

「判事、これらはすべて、サンタクロース宛《あ》ての手紙であります」

ハーパー判事は、手紙の山をかきわけ、小槌《こづち》を振るって宣言した。

「アメリカ合衆国はクリングル氏をサンタクロースと認めております！　当法廷も異議なし。本件は却下！」

クリスが立ちあがった。満面笑みをたたえているが、目には涙が……。帽子とコートをかかえ、ステッキを取りあげるや、クリスは判事席へと駆けよった。

「ありがとう！　ありがとう！」その声は震えていた。「メリークリスマス、判事さん！」

ハーパー判事も、最上級の笑顔で机ごしに手を差しのべた。

「メリークリスマス、クリングルさん！」

そう言いつつ、すばやく傍聴席に目をやれば、火のついていない葉巻をくわえたチャーリー・ハローランが目くばせをしていた――「やったな！」

法廷は、興奮のるつぼと化した。フレッドは報道陣にどっと囲まれ、四方から肩を叩かれた。カメラのフラッシュが光る。「おめでとう！」の声が飛ぶ。もみくちゃになりながら、フレッドはしきりにクリスを探した。カメラマンたちも、正真正銘のサンタクロースを写真に撮ろうと、きょろきょろ探している。だが、クリスの姿はどこにもなかった。

記者のひとりが言った。

「もうじき五時だ。クリスマスイブに、サンタクロースがこんなところでぐずぐずしているわけはない。今ごろ、どこかで、トナカイたちを橇につけてるんだよ！」

「見ろ、雪も降ってきたぞ！」

❦ ❦ ❦

ドリスは、後ろの席で、ほかの傍聴人たちとともに立ちあがった。閉廷まぎわにすべりこんだため、聞けたのは、ハーパー判事の最後の言葉だけだった。外に出ようとして、ドリスはためらった。フレッドにおめでとうを言おうかしら……？　迷っていると、ふたりづれの記者がそばを通り、ひとりがもうひとりに十ドル紙幣を渡して、こう言うのが聞こえた。

「やっこさんに勝ち目はないと思ったがなあ。郵便を運びこむなんて、冴《さ》えてたよ」

もうひとりも同感らしかった。

「郵便だけじゃない。あのゲイリーって弁護士には脱帽だね。最初っからじいさんを信じてたし、しまいにはみんなにも信じさせたんだから！」

その言葉は、ドリスの胸にずしんとひびいた。

ドリスはひっそりと外に出た。今しがたまでの喧噪《けんそう》はどこへやら、法廷はがらんとなり、最後まで残っていた書記も、郵便の山から脱出しようと苦労していた。それにしても、なんとたくさんの手紙が運びこまれたものだろう。それも、もとをただせばひとりの女の子がクリングル氏を信じ、手紙にそう書いて送ったからにほかならない。

マーラー検事も、今日の出来事を思い返しつつ、裁判所を出た。理屈からいえば、むしゃくしゃしていそうなものだが、不思議なことに、なぜか爽快な気分である。

「そうだ！」腕時計に目をやり、マーラー検事は足を速めた。「フットボールのヘルメットを買わなくちゃ！」

18

さて、クリスマス当日。朝早く目をさましたスーザンは、こっそり居間に行ってみた。ツリーの下には……？　そこには可愛いパッケージがいくつも置かれていたが、クリスに頼んでいたものは、なかった。

いくらなんでも、〈あの家〉がツリーの下に置いてある、とは思っていなかった。でも、約束を忘れちゃいないよ、というしるしくらいは見つかるはず――そんな気がしてたのに！

ドリスが起きてきたとき、スーザンは泣いていた。クリングルさんはやっぱりサンタクロースじゃなかった！

ドリスは、娘を抱きしめてやったが、スーザンはその腕をふりほどいた。

「ママが言ってたとおりよ。あたし、よくわかった。サンタクロースなんて、いないんだ！」

ドリスは、以前の自分のセリフを聞かされた気がして、悲しくなった。

「ママが間違ってたわ。スーザン、クリングルさんを信じなくちゃ！」

とはいえ、どうして信じられよう？　百貨店で働く貧しい老人が、クリスマスの願いをかなえてくれるサンタクロースだなんて……！

「信じる気持ちは常識を超えるのよ」

それはフレッドの言葉だった。言いつつ、ドリスは、今、その意味を噛《か》みしめた。だが、スーザンにはそんな難しいことはわからない。

「心から信じなかったら、なにも実現しないわ」

ドリスは、つらい経験から、それを学んでいた。万事順調にいっているときに信じるのは簡単だ。けれど、なにがあろうとも信じてこそ、本当に〈信じる〉と言えるのだろう。

「スーザン、あなたがクリングルさんに書いたあのお手紙のおかげで、ママはとっても勇気が出たの。こんどは、ママがあなたに勇気を分けてあげる番みたいね」

スーザンはしばらく考えていた。それから、はっきり言った。

「ママ、あたし信じるわ！」


メイプルウッド老人ホームでは、毎年、クリスマスには朝食会が催される。今年は、クリスが帰ってくるというので、とりわけお祭り気分が盛りあがっていた。クリスは晴れて心身ともに健康と認められ、ホームに戻ってくるのである。この〈時の人〉に「ひとこと挨拶《あいさつ》を」と評議員の面々も待ちかねていた。

ところが、ご本人がさっぱりあらわれない。一同、不安になってきた。ドクター・ピアスがあちらこちらに電話をかけた。

セントラルパーク動物園のジムのもとにも、電話がかかってきた。

「いいえ、みえてませんけど」

そう答えながら、ジムは窓の外に目をやった。

あれっ？　トナカイも見えないぞ！

❦❦❦

そそくさと電話を切って、ジムはトナカイ小屋へと走った。と、囲いの前でぴたっと立ちどまった。トナカイたちは、地面にすわりこんでいた！　二頭ずつならんで、息を切らし、全身汗ぐっしょりで！

これは、いったい……？

幸いにも、それからまもなくクリスが急ぎ足でホームの玄関から入ってきた。疲れているようだが、はなはだ愉快そうである。よかった！　人々は、ほっとしてクリスをとりかこんだ。

「メリークリスマス！」

「メリークリスマス！」

「待っていたんですよ！」

「さあ、いつものように、ツリーの下で司会をしてください！」

「はい、はい。だが、そのまえに、ちょっと電話を。実は、スペシャルゲストを招待したいんですよ。よろしいかな？」

クリスはフレッドに電話をかけた。

「やあ、フレッド、わたしだ。この電話、ホームからかけているんだけどね。ひとつ、頼みたいことが……。ドリスとスーザンを、ここに連れてきてくれないか?」

フレッドは気乗りしない声を出した。

「うーん……ドリスとは、ちょっとまずいことに……」

「わかってる。だけど、今日はクリスマスだよ」

しぶしぶフレッドは引きうけた。

クリスは、ホームまでのルートを指定した。昨夜は大雪だった。それなのにずっと出歩いていたのか、道路の状態をクリスは実によく知っていた。

「かなり積もってる。今教えた道で来なさいよ、いちばん楽だから」

フレッドは、ばつの悪い思いでドリスのアパートの呼び鈴を押し、出てきたドリスに、クリスから電話があったことを告げた。

「スーザンといっしょに、来てくれる?」

ドリスも、スーザンの前なのでなんでもないふりはしているが、やっぱりどことなくよそよそしい。

「いいわ、行きましょ」

おだやかに晴れた、クリスマスの朝である。積もったばかりの雪がまぶしい。三人はフレッドの車で出発した。クリスが指定したのは、郊外の住宅地を通る道。どの家も、玄関や窓にクリスマスのリースを飾っている。

童話に出てくるような風景に見とれていたスーザンが、突然叫んだ。

「あっ、あたしのおうちだ！　フレッドおじさん、止めて！」

フレッドはドリスと顔を見合わせ、車を止めた。

スーザンは車から飛びだし、一軒の家の玄関に向かって走っていった。

あたしのおうち……！　クリングルさんに上げた絵にそっくり……！

ためらいもせずに、スーザンは玄関からずんずん中に入っていった。フレッドとドリスは、なにがなんだかわからぬまま、スーザンを追いかけた。

中にはだれもいなかった。住んでいた人たちはよそへ引っ越していったばかりとみえ、折れた傘や、古いオーバーシューズ、空き箱などが、そこここに置きっぱなしになっている。フレッドは、居間の窓から庭を眺め、芝生に《売り家》の小さな立て札があるのに気づいた。

二階を見おわったスーザンが、息をはずませ、目をきらきらさせて、階段を駆けおりてきた。

「あたしね、クリングルさんにお願いしてたの。クリスマスにおうちがほしいって。これがそのおうちよ。あの雑誌の絵と、すっかりおんなじ！　ママ、信じなさいって、言ったでしょ？　信じる気持ちは常識を超えるのよって。だから、あたし、信じたの。そしたら……ほらね！」

スーザンは、ひと息にそれだけ言うと、ブランコを見に庭へと駆けだしていった。

フレッドはドリスの顔を見た。

「スーザンにそう言ったのかい？　ほんとに？」

ドリスは黙ってうなずいた。涙がこぼれそうで、なにも言えなかったのである。

次の瞬間、ふたりはしっかりと抱きあった。

「これで、みんながクリスを信じるようになったね！　満場一致ってわけだ！」

ドリスは、ふたたびうなずいた。

「この家、売り家らしいよ。クリスをがっかりさせちゃ悪いんじゃない？　どう？」

ドリスは、今ではほほえんでいた。

「ずっとあなたを信じてたわ――心の中で。疑うようなことを言ったけど、あれはつまらない常識のせい……」

「常識からいっても、もうぼくを信じるべきじゃないの？　ぼくは、どうやら有能な弁護士らしいよ。なにしろ、老人ホームに住んでるおじいさんが本物のサンタクロースだと、法的に認めさせたんだからさ」

「あなたって、素敵！」

「あれっ!?」

フレッドが部屋のすみを指さした。ドリスもそっちを見た。

暖炉の横に、ステッキが……。ごくありふれた、クリングル氏がいつも使っているようなステッキだ。

「んまあ！　でも、まさか！　きっと、この家の人たちが忘れていったのよ」

「それもある……よね」

フレッドは、にやっと笑って、頭をかいた。

「けど、ひょっとすると、ぼくの手柄ってわけじゃなかったのかも……！」

Author's Note

著者あとがき

ミスター・クリングルはあらゆる点で型破りである。順番からいえば、まずは本でお目見えし、次いでスクリーンからご挨拶《あいさつ》、となるのだが、彼の場合はそのための手続きが逆になった。

〈風変わりな老人がいる。その言動から一連の出来事が発生する〉というストーリーは、当初、映画用に思いついたものだった。それを本にしてはどうか、という話が持ちあがったのは、映画の制作がかなり進んでからである。

したがって、本書は筆者が独力で書きあげたとは、とても言えない。筆者の思いついたストーリーを二十世紀フォックス映画会社のために脚本化し、監督としてメガフォンを取ったのはジョージ・シートンだった。そんなわけで、本書には彼のアイディアも多々盛りこまれている。言うなれば本書はジョージ・シートンとの合作であり、筆者はそのことに深く感謝している。

さらに、ミスター・クリングルを信じて映画『34丁目の奇跡』のプロデュースをされたウィリアム・パールバーグと、ミスター・クリングルを版元に引き合わせる労を取られたウォルター・M・シンプソンの両氏、および、ミスター・クリングルを本に登場させることを許可された二十世紀フォックス映画会社に、ミスター・クリングルに代わり深甚の謝意を表したい。

ヴァレンタイン・デイヴィス

訳者あとがき

本書『34丁目の奇跡』の原作"Miracle on 34th Street"は、第二次世界大戦が終わってまもない一九四七年のアメリカで、映画『34丁目の奇跡』とほぼ同時に誕生しました。作者、ヴァレンタイン・デイヴィスは、映画版の脚本原案作者でもあります。

一九四四年のこと、沿岸警備隊士官であったデイヴィスは、クリスマス間近の街をぶらついていて、どこもかしこもクリスマスセール一色になっているのに幻滅し、「もしもサンタクロースが実在して、このありさまを見たら、さぞがっかりするだろう」と同情したそうです。

そんなことから、映画用のストーリー――〈老人ホームに暮らすクリス・クリングルという名の老人がマンハッタン34丁目の百貨店にサンタクロースとして雇われ、そこから不思議なことが次々に起こる〉――を思いつき、夫人に話してみると、常日頃辛口の作品批評をする夫人が、めずらしく、「素敵よ!」と褒《ほ》めたのです。勇躍、肉付けをほどこし、二十世紀フォックス映画会社に送ってみると、すぐに契約成立。

脚色はデイヴィスの大学時代からの友人、ジョージ・シートンが担当し、配役はエドマンド・グウェン、モーリン・オハラ、ジョン・ペイン、新人子役のナタリー・ウッドという顔ぶれで、制作はスタートしました。

一方、やはりデイヴィスの同窓の友人がデイヴィスの映画用原案をハーコートブレイス社に送ったところ、副社長と編集長がこれを読み、「小説として出版しよう！」と即決。本づくりもすぐに動きはじめます。

当時、ロバート・ジルー編集長がデイヴィスに送った手紙にこんな記述があります。「編集部一同、これぞあの『クリスマス・キャロル』（チャールズ・ディケンズ著）以来の最高のクリスマスストーリーであると考えます」

本の発売を映画封切りに合わせるため、デイヴィスと編集長はねじり鉢巻きで原稿を完成させ、〈奇跡〉的な早業で編集作業をおえました。こうして出来上がった本は、まもなくベストセラーにランクされ、映画もアカデミー賞を三部門――助演男優賞（クリス・クリングルを演じたエドマンド・グウェン）、脚本賞〈脚色〉（ジョージ・シートン）、脚本賞〈原案〉（ヴァレンタイン・デイヴィス）――で受賞しました。

話は変わりますが、映画版は一九九四年にリメイク版が作られています。五十年にわたる長い年月、いかに〈クリス・クリングル〉が愛されてきたかを物語るものでしょう。本書の原書は二〇〇一年に厳密な初版復刻版として出されたもの。これもまた、このお話が初版発行以来、絶えることなく読みつがれてきたことを証明しています。

本文中、クリス・クリングルがこんなことを言っています――「クリスマスはカレンダーの日付とは別のものです。クリスマスは〈心〉ですよ」

サンタクロースも〈心〉なのでしょう。〈心〉は、箱に入れ、リボンをかけて「はいっ!」と差し出すわけにはいかない。でも、だれもがかならずもっているとても大事ななにかです。

身のまわりにあふれているたくさんのモノよりも、目に見えない善意や、思いやりや、信じる気持ちのほうが、本当ははるかに大事であることを、クリス・クリングルはあらためて思い出させてくれます。『34丁目の奇跡』の出番は、西暦二〇〇〇年をこえた今なのかもしれない――そんな気がしております。

片岡しのぶ

[著者]
ヴァレンタイン・デイヴィス
ミシガン大学卒業後、イェール大学大学院で演劇を学ぶ。
小説に本書のほか『春の珍事』、映画脚本に『34 丁目の奇跡』
『グレン・ミラー物語』などがある。

[訳者]
片岡しのぶ
和歌山生まれの岩手育ち。国際基督教大学教養学部卒業。
翻訳工房パディントン＆コンパニイを夫と共同主宰。
訳書にポール・フライシュマン『種をまく人』『風をつむぐ少年』
フィリッパ・ピアス『８つの物語　思い出の子どもたち』
（いずれもあすなろ書房）ほか。

34丁目の奇跡
2002年10月20日　初版発行
2021年10月30日　26刷発行

著者　ヴァレンタイン・デイヴィス
訳者　片岡しのぶ
発行者　山浦真一
発行所　あすなろ書房
162-0041　東京都新宿区早稲田鶴巻町 551-4
電話：03-3203-3350（代表）
印刷所　佐久印刷所
製本所　ナショナル製本
 ISBN 978-4-7515-2192-2 NDC 933
Printed in Japan